# 導遊圖

陳東東詩選

陳東東 著

# 朝向漢語的邊陲

楊小濱

　　中國當代詩的發展可以看作是朝向漢語每一處邊界的勇猛推進，而它的起源也可以追溯出頗為複雜的線索。1960年代中後期張鶴慈（北京，1943-）和陳建華（上海，1948-）等人的詩作已經在相當程度上改變了主流詩歌的修辭樣式。如果說張鶴慈還帶有浪漫主義的餘韻，陳建華的詩受到波德萊爾的啟發，可以說是當代詩中最早出現的現代主義作品，但這些作品的閱讀範圍當時只在極小的朋友圈子內，直到1990年代才廣為流傳。1970年代初的北京，出現了更具衝擊力的當代詩寫作：根子（1951-）以極端的現代主義姿態面對一個幻滅而絕望的世界，而多多（1951-）詩中對時代的觀察和體驗也遠遠超越了同時代詩人的視野，成為中國當代詩史上的靈魂人物。

　　對我來說，當代詩的概念，大致可以理解為對朦朧詩的銜接。朦朧詩的出現，從某種意義上可以看作官方以招安的形式收編民間詩人的一次努力。根子、多多和芒克（1951-）的寫作從來就沒有被認可為朦朧詩的經典，既然連出現在《詩刊》的可能都沒有，也就甚至未曾享受遭到批判的待遇，直到1980年代中後期才漸漸浮出地表。我們完全可以說，多多等人的文化詩學意義，是屬於後朦朧時代的。才華出眾的朦朧詩人顧城在1989年六四事件後寫出了偏離朦朧詩美學的《鬼進城》等

傑作，卻不久以殺妻自盡的方式寫下了慘痛的人生詩篇。除了揮霍詩才的芒克之外，嚴力（1954-）自始至終就顯示出與朦朧詩主潮相異的機智旨趣和宇宙視野；而同為朦朧詩人的楊煉（1955-），在1980年代中期即創作了《諾日朗》這樣的經典作品，以各種組詩、長詩重新跨入傳統文化，由於從朦朧詩中率先奮勇突圍，日漸成為朦朧詩群體中成就最為卓著的詩人。同樣成功突圍的是遊移在朦朧詩邊緣的王小妮（1955-），她從1980年代後期開始以尖銳直白的詩句來書寫個人對世界的奇妙感知，成為當代女性詩人中最突出的代表。如果說在1970年代末到1980年代初，朦朧詩仍然帶有強烈的烏托邦理念與相當程度的宏大抒情風格，從1980年代中後期開始，朦朧詩人們的寫作發生了巨大的轉化。

這個轉化當然也體現在後朦朧詩人身上。翟永明（1955-）被公認為後朦朧時代湧現的最優秀的女詩人，早期作品受到自白派影響，挖掘女性意識中的黑暗真實，爾後也融入了古典傳統等多方面的因素，形成了開闊、成熟的寫作風格。在1980年代中，翟永明與鍾鳴（1953-）、柏樺（1956-）、歐陽江河（1956-）、張棗（1962-2010）被稱為「四川五君」，個個都是後朦朧時代的寫作高手。柏樺早期的詩既帶有近乎神經質的青春敏感，又不乏古典的鮮明意象，極大地開闊了漢語詩的表現力。在拓展古典詩學趣味上，張棗最初是柏樺的同行者，爾後日漸走向更極端的探索，為漢語實踐了非凡的可能性。在「四川五君」中，鍾鳴深具哲人的氣度，用史詩和寓言有力地書寫了當代歷史與現實。歐陽江河的寫作從一開始就將感性與

理性出色地結合在一起，將現實歷史的關懷與悖論式的超驗視野結合在一起，抵達了恢宏與思辨的驚險高度。

後朦朧詩時代起源於1980年代中期，一群自我命名為「第三代」的詩人在四川崛起，標誌著中國當代詩進入了一個新階段。1980年代最有影響的詩歌流派，產自四川的佔了絕大多數。除了「四川五君」以外，四川還為1980年代中國詩壇貢獻了「非非」、「莽漢」、「整體主義」等詩歌群體（流派和詩刊）。如周倫佑（1952-）、楊黎（1962-）、何小竹（1963-）、吉木狼格（1963-）等在非非主義的「反文化」旗幟下各自發展了極具個性的詩風，將詩歌寫作推向更為廣闊的文化批判領域。其中楊黎日後又倡導觀念大於文字的「廢話詩」，成為當代中國先鋒詩壇的異數。而周倫佑從1980年代的解構式寫作到1990年代後的批判性紅色寫作，始終是先鋒詩歌的領頭羊，也幾乎是中國詩壇裡後現代主義的唯一倡導者。莽漢的萬夏（1962-）、胡冬（1962-）、李亞偉（1963-）、馬松（1963-）等無一不是天賦卓絕的詩歌天才，從寫作語言的意義上給當代中國詩壇提供了至為燦爛的景觀。其中萬夏與馬松醉心於詩意的生活，作品惜墨如金但以一當百；李亞偉則曾被譽為當代李白，文字瀟灑如行雲流水，在古往今來的遐想中妙筆生花，充滿了後現代的喜劇精神；胡冬1980年代末旅居國外後詩風更為逼仄險峻，為漢語詩的表達開拓出難以企及的遙遠疆域。以石光華（1958-）為首的整體主義還貢獻了才華橫溢的宋煒（1964-）及其胞兄宋渠（1963-），將古風與現代主義風尚奇妙地糅合在一起。

　　毫不誇張地說，川籍（包括重慶）詩人在1980年代以來的中國詩壇佔據了半壁江山。在流派之外，優秀而獨立的詩人也從來沒有停止過開拓性的寫作。1980年代中後期，廖亦武（1958-）那些囈語加咆哮的長詩是美國垮掉派在中國的政治化變種，意在書寫國族歷史的寓言。蕭開愚（1960-）從1980年代中期起就開始創立自己沉鬱而又突兀的特異風格，以罕見的奇詭與艱澀來切入社會現實，始終走在中國當代詩的最前列。顯然，蕭開愚入選為2007年《南都週刊》評選的「新詩90年十大詩人」中唯一健在的後朦朧詩人，並不是偶然的。孫文波（1956-）則是1980年代開始寫作而在1990年代成果斐然的詩人，也是1990年代中期開始普遍的敘事化潮流中最為突出的詩人之一，將社會關懷融入到一種高度個人化的觀察與書寫中。還有1990年代的唐丹鴻，代表了女性詩人內心奇異的機器、武器及疼痛的肉體；而啞石（1966-）是1990年代末以來崛起的四川詩人，以重新組合的傳統修辭給當代漢語詩帶來了跌宕起伏的特有聲音。

　　1980年代的上海，出現了集結在詩刊《海上》、《大陸》下發表作品的「海上詩群」，包括以孟浪（1961-）、默默（1964-）、劉漫流（1962-）、郁郁（1961-）、京不特（1965-）等為主要骨幹的較具反叛色彩的群體，和以陳東東（1961-）、王寅（1962-）、陸憶敏（1962-）等為代表的較具純詩風格的群體，從不同的方向為當代漢語詩提供了精萃的文本。幾乎同時創立的「撒嬌派」，主要成員有京不特、默默（撒嬌筆名為銹容）、孟浪（撒嬌筆名為軟髮）等，致力於透

過反諷和遊戲來消解主流話語的語言實驗。無論從政治還是美學的意義上來看，孟浪的詩始終衝鋒在詩歌先鋒的最前沿，他發明了一種荒誕主義的戰鬥語調，有力地揭示了歷史喜劇的激情與狂想，在政治美學的方向上具有典範性意義。而陳東東的詩在1980年代深受超現實主義影響，到了1990年代之後則更開闊地納入了對歷史與社會的寓言式觀察，將耽美的幻想與險峻的現實嵌合在一起，鋪陳出一種新的夢境詩學。1980年代的上海還貢獻了以宋琳（1959-）等人為代表的城市詩，而宋琳在1990年代出國後更深入了內心的奇妙圖景，也始終保持著超拔的精神向度。1990年代後上海崛起的詩人中最引人注目的是復旦大學畢業後定居上海的韓博（1971-，原籍黑龍江），他近年來的詩歌寫作奇妙地嫁接了古漢語的突兀與（後）現代漢語的自由，對漢語的表現力作了令人震驚的開拓。還有行事低調但詩藝精到的女詩人丁麗英（1966-），在枯澀與奇崛之間書寫了幻覺般的日常生活。

　　與上海鄰近的江南（特別是蘇杭）地區也出產了諸多才子型的詩人，如1980年代就開始活躍的蘇州詩人車前子（1963-）和1990年代之後形成獨特聲音的杭州詩人潘維（1964-）。車前子從早期的清麗風格轉化為最無畏和超前的語言實驗，而潘維則以現代主義的語言方式奇妙地改換了江南式婉約，其獨特的風格在以豪放為主要特質的中國當代詩壇幾乎是獨放異彩。而以明朗清新見長的蔡天新（1963-）雖身居杭州但足跡遍布五洲四海，詩意也帶有明顯的地中海風格。影響甚廣的于堅（1954-）、韓東（1961-）和呂德安（1960-）曾都屬於1980年

代以南京為中心的他們文學社，以各自的方式有力地推動了口
語化與（反）抒情性的發展。

朦朧詩的最初源頭，中國最早的文學民刊《今天》雜誌，
1970年代末在北京創刊，1980年代初被禁。「今天派」的主將
們，幾乎都是土生土長的北京詩人。而1980年代中期以降，出
自北京大學的詩人佔據了北京詩壇的主要地位。其中，1989年
臥軌自盡的海子（1964-1989）可能是最為人所知的，海子的
短詩尖銳、過敏，與其宏大抒情的長詩形成了鮮明對比。海子
的北大同學和密友西川（1963-）則在1990年後日漸擺脫了早
期的優美歌唱，躍入一種大規模反抒情的演說風格，帶來了某
種大氣象。臧棣（1964-）從1990年代開始一直到新世紀不僅
是北大詩歌的靈魂人物，也是中國當代詩極具創造力的頂尖詩
人，推動了中國當代詩在第三代詩之後產生質的飛躍。臧棣的
詩為漢語貢獻了至為精妙的陳述語式，以貌似知性的聲音扎進
了感性的肺腑。出自北大的重要詩人還包括清平（1964-）、
周瓚（1968-）、姜濤（1970-）、席亞兵（1971-）、胡續冬
（1974-）、陳均（1974-）、王敖（1976-）等。其中姜濤的詩
示範了表面的「學院派」風格能夠抵達的反諷的精微，而胡續
冬的詩則富於更顯見的誇張、調笑或情色意味，二人都將1990
年代以來的敘事因素推向了另一個高度。胡續冬來自重慶（自
然染上了川籍的特色），時有將喜劇化的方言土語（以及時興
的網路語言或亞文化語言）混入詩歌語彙。也是來自重慶的詩
人蔣浩（1971-）在詩中召喚出語言的化境，將現實經驗與超
現實圖景溶於一爐，標誌著當代詩所攀援的新的巔峰。同樣

現居北京，來自內蒙古的秦曉宇（1974-），也是本世紀以來湧現的優秀詩人，詩作具有一種鑽石般精妙與凝練的罕見品質。原籍天津的馬驊（1972-2004）和原籍四川的馬雁（1979-2010），兩位幾乎在同齡時英年早逝的天才，恰好曾是北大在線新青年論壇的同事和好友。馬驊的晚期詩作抵達了世俗生活的純淨悠遠，在可知與不可知之間獲得了逍遙；而馬雁始終捕捉著個體對於世界的敏銳感知，並把這種感知轉化為表面上疏淡的述說。

當今活躍的「60後」和「70後」詩人還包括現居北京的藍藍（1967-）、殷龍龍（1962-）、王艾（1971-）、樹才（1965-）、成嬰（1971-）、侯馬（1967-）、周瑟瑟（1968-）、安琪（1969-）、呂約（1972-）、朵漁（1973-）、尹麗川（1973-），河南的森子（1962-）、魔頭貝貝（1973-），黑龍江的桑克（1967-），山東的孫磊（1971-）宇向（1970-）夫婦和軒轅軾軻（1971-），安徽的余怒（1966-）和陳先發（1967-），江蘇的黃梵（1963-），海南的李少君（1967-），現居美國的明迪（1963-）等。森子的詩以極為寬闊的想像跨度來觀察和創造與眾不同的現實圖景，而桑克則將世界的每一個瞬間化為自我的冷峻冥想。同為抒情詩人，女詩人藍藍通過愛與疼痛之間的撕扯來體驗精神超越，王艾則一次又一次排練了戲劇的幻景，並奔波於表演與旁觀之間，而樹才的詩從法國詩歌傳統中找到一種抒情化的抽象意味。較為獨特的是軒轅軾軻，常常通過排比的氣勢與錯位的慣性展開一種喜劇化、狂歡化的解構式語言。而這個名單似乎還可以無限延長下去。

　　1989年的歷史事件曾給中國詩壇帶來相當程度的衝擊。在此後的一段時期內，一大批詩人（主要是四川詩人，也有上海等地的詩人）由於政治原因而入獄或遭到各種方式的囚禁，還有一大批詩人流亡或旅居國外。1990年代的詩歌不再以青春的反叛激情為表徵，抒情性中大量融入了敘述感，邁入了更加成熟的「中年寫作」。從1980年代湧現的蕭開愚、歐陽江河、陳東東、孫文波、西川等到1990年代崛起的臧棣、森子、桑克等可以視為這一時期的代表。1990年代以來，儘管也有某些「流派」問世，但「第三代詩」時期熱衷於拉幫結夥的激情已經消退。更多的詩人致力於個體的獨立寫作，儘管無法命名或標籤，卻成就斐然。1990年代末的「知識分子寫作」與「民間寫作」的論戰雖然聲勢浩大，卻因為糾纏於眾多虛假命題而未能激發出應有的文化衝擊力。2000年以來，儘管詩人們有不同的寫作趨向，但森嚴的陣營壁壘漸漸消失。即使是「知識分子寫作」的代表詩人，其實也在很大程度上以「民間寫作」所崇尚的日常口語作為詩意言說的起點。從今天來看，1960年代出生的「60後」詩人人數最為眾多，儼然佔據了當今中國詩壇的中堅地位，而1970年代出生的「70後」詩人，如上文提到的韓博、蔣浩等，在對於漢語可能性的拓展上，也為當代詩做出了不凡的探索和貢獻。近年來，越來越多的「80後詩人」在前人開闢的道路盡頭或途徑之外另闢蹊徑，也日漸成長為當代詩壇的重要力量。

　　中國當代詩人的寫作將漢語不斷推向極端和極致，以各異的嗓音發出了有關現實世界與經驗主體的精彩言說，讓我們

聽到了千姿萬態、錯落有致的精神獨唱。作為叢書，《中國當代詩典》力圖呈現最精萃的中國當代詩人及其作品。第一輯收入了15位最具代表性的中國當代詩人的作品，其中1950年代、1960年代和1970年代出生的詩人各佔五位。在選擇標準上，有各種具體的考慮：首先是盡量收入尚未在台灣出過詩集的詩人。當然，在這15位詩人中，也有極少數雖然出過詩集，但仍有一大批未出版的代表作可以期待產生相當影響的。在第一輯中忍痛割捨的一流詩人中，有些是因為在台灣出過詩集，已經在台灣有了一定影響力的詩人；也有些是因為寫作風格距離台灣的主流詩潮較遠，希望能在第一輯被普遍接受的基礎上日後再推出，將更加彰顯其力量。願《中國當代詩典》中傳來的特異聲音為台灣當代詩壇帶來新的快感或痛感。

## Ⅱ｜〔五首長詩〕

# I

〔七十七首短詩〕

**語言**

岩石的雙肩舒展，軍艦鳥的翅膀開闊
太陽像金甲蟲一樣嗡嗡作響
偶然飛進了白色廳堂

在更遠處，橘紅的遊艇緩緩而來
有如另一個盛夏黃昏

我的眼裏，我的指縫間
食鹽正閃閃發亮
而腦海盡頭有一帆記憶
這時候鑲著綠邊
頂風逆行於走廊幽處

當雲層突然四散，魚群被引向
臨海的塔樓
華燈會瞬間燃上所有枝頭
照耀你的和我的語言

# 骨灰匣

他被裝進木盒子裏
他的無視又得以穿越冬季的牆
他甚至看見了消失的風景

十年以前他就老了
他成了一根腐朽的羽毛
像一間空屋和堆在頂樓鏽蝕的鐵器
下午的陽光映紅江面
他坐在窗下，聽一群孩子秋天裏喧鬧

他甚至能分辨夜的深淺
鐘聲沙沙作響
他的血管一寸寸爆裂
他知道他成了自己的荒地
蒿草沒頂，潮濕的石頭又冷又硬

他的左邊有一束紙花，前面是
三隻塑膠橘子。廝守著纖瘦蒼白的
燭火，他重又把死還給了不死

# 非洲

乞力馬札羅以西，是恐龍的汪洋

始祖鳥的天廷

直升飛機的道路和

黑孩子的沙漠

排滿窪地的紅色陶罐

它們開裂

驕陽下盛不住正午的清水


石縫裏不再有草的氣息

不再有陰影和軟體動物

暮色之間，老人像柯拉琴被饑餓演奏

被兀鷹和夜之巨蜥遺棄

一個久居月下的酋長

雙眉低垂

生殖器乾癟得像一條簡訊


整整三年，卡車如犀牛在塵土裏撕咬

他們等一片帶雨的天空

點燈

把燈點到石頭裏去，讓他們看看
海的姿態，讓他們看看古代的魚
也應該讓他們看看亮光
一盞高舉在山上的燈

燈也該點到江水裏去，讓他們看看
活著的魚，讓他們看看無聲的海
也應該讓他們看看落日
一隻火鳥從樹林騰起

點燈。當我用手去阻擋北風
當我站到了峽谷之間
我想他們會向我圍攏
會來看我燈一樣的語言

# 雨中的馬

黑暗裏順手拿一件樂器。黑暗裏穩坐
馬的聲音自盡頭而來

雨中的馬

這樂器陳舊，點點閃亮
像馬鼻子上的紅色雀斑，閃亮
像樹的盡頭木芙蓉初放
驚起了幾隻灰知更鳥

雨中的馬也註定要奔出我的記憶
像樂器在手
像木芙蓉開放在溫馨的夜晚
走廊盡頭
我穩坐有如雨下了一天

我穩坐有如花開了一夜
雨中的馬
雨中的馬也註定要奔出我的記憶
我拿過樂器
順手奏出了想唱的歌

## 偶然說起

老式汽車的烏鴉姿態，老式人物的
圓形眼鏡
　　　　電文，紙，黃銅鑰匙
幾本舊書脊背燙金，細小的字句

描繪月亮。鐵橋伸展，在更早的年代
我努力猜測水流的方向
江堤之上，我開始了秋天的
另一種觸摸：細沙的腰肢
玉簪花之乳，鎖眼正被我慢慢打開

我生於荒涼的一九六一。我見過夢境
水面上徐行。我偶然說起
我細察記憶和情感的紋理

# 園

植物們有了訓練
它們的渴望得到了糾正
它們嚮往同一個下午
同一個下午，鳥棲，葉落
安詳的琴師隨意撥弄
六七個人在園中醉飲

六七個人，排演濃蔭和
草木，躲避壞的消息
耳朵深處或指尖之上
音樂隔離開秋天
高士飛翔著經過
苦竹下深埋嗜酒的嘴

吟詠的聲音長出
暗合彈奏和心，植物們
共同恢復，盛開，怒放
願意為古代的俊傑懷孕
植物們打開水底的門
一封信遞送到園丁手中

# 陵

石頭仍然在風中堅持
示意它們最後的下場
風景已一天天爛下去
這圓，這傾斜
這無所指的排列和高聳
它們抗拒淪陷的時代
一個荒蕪和喪失的時代

夢之火焰依然純淨
照臨重新返回的日子
火焰鼓勵失意的人
高貴種族的秘密傳承
他抗拒疾病和別的衰敗
種植惡毒的玫瑰
播撒星辰之絕望

風景已一天天爛下去
胸衣打開，裸露出迷宮
凝神的石頭，冰涼的石頭
每一朵簡潔的火焰
每一朵黯啞的火焰

它們接納秋天的同類

一個在風中堅持的人

## 秋天是迷宮向西的部分

尖頂之上有新的開端

象徵太陽精神的鳥

也象徵時間和靈魂的症狀

放眼所見是它的飛翔

——完全的風景

完全的美加上沉淪的一季


秋天是迷宮向西的部分

暮年熱愛歷史的部分

預兆之鳥用翅膀切入

聒絮白熱的秘密使者

停於高處，統覽大局

跟眼下的黃昏合成了一體


它檢閱每一件打開的物質

短促的舌尖抵向極端

說出直指疼痛的書

針針戳入見血的書

它經歷永晝變成了夜

自一個終點擴散開來

## 部落

藍色恐龍的一季已結束
翼龍飛翔的黃昏在蔓延
黑夜粗礪，植物豐碩
說話的魚群一天天進化

倖存的潛入最綠的湖底
躲避直升飛機的光芒
乳汁充盈的婦女和橡膠
餵養各自的兒子、情人

以及瞭望和齋戒的酋長
用花環裝飾陰莖的少年
他有權聽懂史前話語
他有權下湖，訪問和祝願

完美的肩胛朝向二月
完美的儀仗隊引導眾鳥
藍色恐龍的一季已結束
倖存的蛇頸龍

在最綠的

湖底等待著死

這時候春風吹遍了部落

族胞們知道，誰會來領唱

# 木匠

歇息時我坐下來捲煙
院落浮陽，梔子花肥豔
直尺邊上光滑著木板
鳥兒爭鳴，在上午十點

雇主的堂客客堂裏搓澡
水汽瀰濛窗戶，腰窩和雙奶
生輝。牆頭上指針遲延、催促
我的手邊，有稱心的斧鋸

在上午十點，鳥兒聚攏
院落裏白膠水散佈異香
我那小兒子卻在鄉下
從穀倉出來，正走進亮光

而我聞到了刺鼻的爽身粉
正當我做好春日的鏡架
我那小兒子卻在鄉下，拿塊
玻璃，映照另一個出浴的人

# 廢園

風暴到來以前，店鋪關門的黃昏
追悔的心情像這座廢園
寂寞的女子臨窗遠眺
她知道那個人
已騎驢進入雨中的劍門

每個夜晚有一次期待。鷹的棲息
瘦小的街景和雷霆之怒
春天的女子在暗影深處
她手邊一封信
泛黃了燈光

這時候一匹馬突圍又突圍，有如
羽箭，從驛站向下一個驛站
飛射──它想要擊中那
縞素的心──在黃昏過後
被傳遞的詞章已擴散開來

她甚至分辯了最弱的音節，這
廢園的耳朵，這廢園的相思
她唱和的筆端伴以殘酒

她知道那個人在同樣的燈下
在傾聽同樣的風暴灌滿

病
中

病中一座花園，香樟高於古柏

憂鬱的護士仿佛天鵝

從水到橋，從濃蔭到禁藥

在午睡的氛圍裏夢見了飛翔

——那滯留的太陽

已經為八月安排下大雨


一個重要的老人呻吟

驚動指甲鮮紅的情人：撫慰

清洗、捫弄和注射

他陳舊的眼眶滾出淚水

抵擋玫瑰和金錢的疼痛


隔開廊道，你身憑長窗

你低俯這醫院裏酷暑的風景

陰雲四合，池魚們上升

得病的婦女等待著澆淋

正當你視線自花園移開

第一滴雨

落進了第一個死者的掌心

## 舊地（古雞鳴寺）

暗夜掠過了冬天的風景。
僧侶之家。渡江的細雪。
樹和天空追隨著亮光。

\*

飛鳥的影子殘留井底。晨鐘孤單，
一樣的雞鳴。
時間之書一頁頁散落。

\*

我重臨這空闊久遠的舊地，
見一個導師
停止了布誦。

生活

春風度送燕子，低飛於銀行的另一重天
寬大半球的金色穹窿
盜火受難的喜劇形象又被勾勒

巨型玻璃燈沾染石灰，斜掛
或直瀉，比白晝更亮的光焰把身影
放大到青銅的長窗之上

翅膀——剪刀
被裁開的日子裏辦事員專注於數字和表格
並沒有察覺，燕尾服左胸一滴鳥糞

毀壞了儀容。在春風下
妄想的前程維持生活
而一次飛翔就要結束

## 春天紀事

隔山西沉的太陽又能夠
點亮這景色。被打開和提升

熱空氣鼓蕩的降落傘之上
一架飛機返回了暗夜

大風牽扯你向北
飄過彎曲的鐘樓

簡單的足球場同學少年追逐著
愛情，沒入叫不出名字的樹林

更接近目的
在你要著落的春之黃昏

河流鏡面上機器駁船放聲歌唱
鄉村的父親無所事事

## 月亮

我的月亮荒涼而渺小

我的星期天堆滿了書籍

我深陷在諸多不可能之中

並且我想到

時間和欲望的大海虛空

熱烈的火焰難以持久


閃耀的夜晚

我怎樣把信箋傳遞給黎明

寂寞的字句倒映於鏡面

仿佛蝙蝠

在歸於大夢的黑暗裏猶豫

仿佛舊唱片滑過了燈下朦朧的聽力


運水卡車輕快地馳行

鋼琴割開春天的禁令

我的日子落下塵土

我為你打開的樂譜第一面

燃燒的馬匹流星多眩目

我的花園還沒有選定
瘋狂的植物混同於樂音
我幻想的景色和無辜的落日
我的月亮荒涼而渺小

閃耀的夜晚，我怎樣把信箋
傳遞給黎明
我深陷在失去了光澤的上海
在稀薄的愛情裏
看見你一天天衰老的容顏

# 一場雨

我的耳朵讓我確信

我知道一場雨已經到來

我所記誦的每一段聖詠

給我以啟示

夏天！夏天！

在它的極端一場雨落下

如同一個人獲得了允諾


一場雨播撒光輝的女性——

港口、酒漿、睡蓮和

歌手，以及那樂隊

以及那運動員

在正午街頭

嘻笑著追逐淋濕的護士


一場雨發展黃昏的清澈

我的聽力給我以詩篇

無奈的父親放棄了女兒

在港務局長的涼廊之下

你的玻璃杯盛滿雨水

折射江上的燈火和艦船

那喃喃低語的潔淨的老太婆
那練習著鋼琴的寂寞的少女
我還聽到
一場雨抽打下班的郵差
而你已展讀我熱烈的長信

我知道此時你走到了雨中
開闊的碼頭正對著世界
夏天！夏天！
我所記誦的每一段聖詠
也被你記誦
　　　　　　我聽到你讚歎
刺骨的愛情
而你的父親在廊下多陰沈

# 我在上海的失眠症深處

舊世紀。偽古典
一匹驚雷踏破了光
無限幽靈充沛著我
一個姑娘裸露出腰

愛奧尼柱間盛夏又湧現
季節的火炬點亮了雨
狂熱灑向銀行的金門
狂熱中天意驟現於閃電

偽古典建築病中屹立
欲望持續雕鑿舊世紀
中午戰艦疼痛裏進港
迎風嘶鳴一面萬國旗

無限幽靈充沛著我
一個姑娘裸露出腰
我愛這死亡澆鑄的劍
我在上海的失眠症深處

愛奧尼柱間盛夏又泯滅

一個姑娘裸露出腰

我愛這死亡澆鑄的劍

我在上海的失眠症深處

## 費勁的鳥兒在物質上空

費勁的鳥兒在物質上空

牽引上海迷霧的夜

海關大樓遲疑著鐘點

指針刺殺的寂靜滴下了

錢幣和雨

一聲汽笛放寬江面


鑄鐵雕花的大門緊閉

末流政治家披衣回家

那半圓丘覆蓋的市政廳裏

怪獸從走廊拐向廁所

嚴守幽深黑暗的孤獨


一隊機器船沒入煙塵

小販們渡過腐爛的河

銀行華燈照亮的簷下

戀人渾身顫慄於擁抱

冷卻的激情如過氣啤酒

摩托飛馳閃電和剪刀
裁開的街巷合攏於鐵石
夜行的里爾克橫越江堤
他的臉在上海愈見蒼白

# 金雨

天堂的青春淪陷

愛情功敗垂成

鋼琴登陸艦掀起蓋板

一支軍隊自碼頭飛升


一支軍隊化作金雨

把花園灌滿，令虛無的塔尖

一次次懷孕……喧嘩裏

專政雷霆壓出陣線

夢中以身體為節日的

姑娘們學習著醒來


——醒來

這地上的城市拒絕冷卻

繁忙的愛情又漫過了堤壩

欲望高利貸伴隨閃電

光芒要擊穿神的處女膜


鋼琴登陸艦掀起蓋板

夢中以身體為節日的姑娘們

湧上了碼頭

一場金雨把季節洗劫

這地上的城市，微弱的幸福

卻仍舊燃上虛無的塔尖

令陰影在花園更加泛濫

# 諷刺的性質

電視臺的飛艇白晝的月亮

為少女提供多餘的愛


有一對老人

熱死在各自的竹涼椅上


那女兒還指望——再多領一回

他倆菲薄的退休工資


沿大陸架向下，一座城被海掩蓋了一百年

鯊魚在市長的陽臺棲居


北方，雪線後，一個朝廷正在復活

它甚至從來就不曾死去


百合花，木棉樹

潔淨的黎明中輕跳的山雀


還有

巴赫

它們可能是我要抒寫的
它們滿含諷刺的性質

## 新詩話

音樂之光收斂盡淨

如今唯有

長途旅行者

獵豔在夢中


……「藝術家完蛋，

迷了路。」……

一列火車驚翻旱橋下

睡眠的宴席


──醒來，推開窗

趕往學校的孩子們想不到

斜靠著注視他們的你

依舊在昨夜


庭院深井邊

十年以來的分行習作

被裝訂成冊

不成形的燕子穿梭其間

而月下印度洋

炎熱的島國

那總督詩人也突然驚醒

赤腳在他的書房踱步

## 形式主義者愛簫

形式主義者愛簫的長度

對可能的音樂

並不傾心


他欣賞近於黃昏的暗色

他想要看到的

是劉海遮覆眉眼的初學者


手指纖細

在杆上起落


這就仿佛為夢而夢

他騎車到城下

經過那舊樓


猜想有人在暗夜的蟬聲裏

並沒有點燈

讓月亮入戶

優美的雙腿盤上竹床

漲潮的雙乳

配合吹奏

# 海神的一夜

這正是他們盡歡的一夜
海神藍色的裸體被裹在
港口的霧中
在霧中，一艘船駛向月亮
馬蹄踏碎了青瓦

正好是這樣一夜，海神的馬尾拂掠
一枝三叉戟不慎遺失
他們能聽到
屋頂上一片汽笛翻滾
肉體要更深地埋進對方

當他們起身，唱著歌
掀開那床不眠的毛毯
雨霧仍裝飾黎明的港口
海神，騎著馬，想找回洩露他
夜生活無度的鋼三叉戟

# 純潔性

一架推土機催開花朵

正當火車上坡

挑釁滂沱大雨的春天


我在你蝴蝶圖譜的空白處

書寫：純潔性

我在你紋刺著大海的小腹上

書寫：純潔性

色情和鹽


當窗外大雨滂沱

一架推土機彎下了腰

我在你失眠的眼瞼上

書寫：純潔性

　　　純潔性

火車正靠向你素馨的床沿

# 八月

八月我經過政治琴房，聽見有人
反覆練習那高昂的一小節

直升飛機投下陰影
它大蜻蜓的上半身
從懸掛著鳥籠的屋簷探出

我已經走遠，甚至出了城
我將躍上高一百尺的水泥大壩
我背後的風
仍舊送來高昂的一小節

鬱金香雙耳，幻想中一隻走獸的雙耳
鱗光閃閃的鯡魚的雙耳
則已經被彈奏的手指堵塞

八月，我坐到大壩上
能夠遠眺琴房的屋脊
那直升飛機幾乎跟我的雙眉

齊平：它是否會騎上

高昂的一小節？

──這像是蜻蜓愛幹的事兒

# 青梅

時間只是在窗外運行
所有發生的
只是通過一個人的來信
被傳達並歪曲

夏天盛大的運動會閃耀
而島嶼之間，一座迷宮淪陷進身體

梵文詩。玻璃杯
徒具形式的冥想之空殼

在屋子裏，在輪椅上
這樣的一生也完全可以是一個季節

也完全可以是
一個時辰，一道掠過額際的陰影
一顆
壓在舌下的小小的青梅

## 在船上

……疊合於疲乏
一派風景褪色多迅疾
超出了旅行和換季的速度
黑夜的蜜月才剛剛開始
光卻像港口的無頭唐璜
侵佔新人的二等艙婚床

此時在中途。──此時
夏之利劍錯插入
四月刀銷的睡眠
抵達是預先料到的
眾多抵達，意味著返回
誰把鐵錨奮力擲進了虛空的

月影？
　　　　黎明注滿回憶的腦袋
鐘點擊打灰燼和燈
下面，舷窗旁，有人隨手
打開舊海圖──厭倦以一具
屍體的方式，浮到了紙面上

# 為一幅波斯地毯而作

花園從波斯幾何學現形
抽象的玫瑰領受了生命
技藝要獻給米海拉布*
孔雀開屏的尾翎
圓睜儀式繁多的眼睛

技藝也獻給時光和寂靜
唯美的大地毯鋪展向勝景
技藝要獻給米海拉布
無限的金銀
翻卷起波浪柔曼的女性

莪默在詩篇裏開懷暢飲
炫耀啊一盞燈新月正照臨
技藝要獻給米海拉布
奢華的宮廷
淪陷進圖案複遝的幽冥

技藝要獻給夜色和孤星
抽象的玫瑰領受了生命
技藝要獻給米海拉布

孔雀長鳴的高音

喚醒編織者胸中的愛情

---

\* 　米海拉布：清真寺裏朝向麥加的那個壁龕，波斯地毯常
　　有半抽象的描繪。

# 在汽車上

汽車拐下高速公路
中午飄來了緩慢的雨
因為滿含早年的歡樂
旅途中有人涕泗滂沱

簡陋的鄉村小郵局門前
男孩子頭頂半枯的荷葉
一匹馬躲進木頭屋簷
閃電正擊打生鏽的信箱

在司機身旁，我幾乎入眠
我放跑了臆想中司機的女兒
她自海中狂奔向灘頭
大腿間裝飾水草和貝殼

我知道我的筆法陳舊
我旅行的目的更為古老
──現在
在汽車上，我看見那座

我往赴的城
它將從它的午睡裏醒來
它沖涼的水龍頭
代替這場雨洗去夢想

# 烏鴉

小型博物館隱秘的廊柱
為斜陽提供過一樣的拱門
石頭廣場的下午更悠長
強調陰影的巴羅克風格
——巴羅克風格的陰影被
誇大，直到黃昏接替了白晝
那手中有亮光王牌的人
猶豫間放棄了可能的勝局

黑夜到來！黑夜多奇異
烏鴉姿態的鐵皮風向標
還魂於博物館鏽蝕的尖頂
復活的翅膀打開，朝向歪曲的
月亮——僵硬的冷空氣托舉起
它，返回了飛翔、俯瞰和疑懼
它現身在倒伏於衰朽的老城
仿佛黑太陽照耀著無眠

仿佛出自替罪的神跡劇
一輛自行車橫渡夜色
自行車要接受烏鴉的指引

──臉色蒼白的郵差要遞送
反面的神靈傳達的消息
殉難的羽毛和預言之舌
旋風從不祥的信件中卷起
反常、怪誕、短促、不真實

烏鴉的字詞，殺傷力溢出
黑暗的語法，它將要催毀的
會是它自身，以及震顫
偏執和魔變──在尖頂上
鐵皮風向標折腰又折腰
墜入漩渦般下陷的小廣場
那手中有亮光王牌的人
因失敗而點燃了曖昧的燈

這博物館神跡劇收攏翅膀
自行車拐進了另外的街巷
另外的街巷另外的迷宮
另外的巴羅克明月更茫然
而我卻夢見另外的烏鴉
從廊柱隱秘的陰影裏脫胎

它升到象徵的戲劇之上

看黑夜到來──黑夜多奇異

## 奇境（寫給丹鴻）

大海在夢中過於壯麗
被風堆砌的巨浪在晴夜裏
過於緩慢地遮閉了星空
藍──更藍，直到
憂愁，直到刻骨銘心的黑暗
海水過於凝重，甚至擁有寂靜
寂靜岸線上夢遊人只看見
光芒正侵蝕幻聽的鋼琴

黎明她睡得還要濃郁
接近了死亡的固執和高潮
──海水如雪花石膏般卷刃
那誕生於臆想的耀眼的異象
如無形的指尖奏出的廣板
從敞開的琴蓋間隨太陽上升
影子優美地拂過海面
觸及了碼頭空曠的小旅館

海妖或怪物，帶來鏡子響亮的
白晝，以無盡的反覆喚醒女客
把輕細如耳語的鋼琴夢囈

擴大成靈魂出竅的雷霆

一線閃電撕扯，令倚窗探海者

頭疼欲裂，令她對奇境的第一次

親近，自無以復加的盛裝開場

止步於脫衣的黃昏儀式


而大海即妖怪，躍起在空中

在琴鍵般升級的內心波瀾間

翻騰比音樂突兀的身姿

——當醒來的夢遊者

走下堤壩，企圖融會進

深陷於鹽沙的鋼琴鳴響

和包圍這演奏的著魔的

風景——大海更扭動


熱烈的腰肢：大海的肚皮舞

加劇了女客的暈眩和疼痛

緊張！——她投身進去

沉溺的裸體餵給了妖怪

仿佛又一個夢遊夜降臨

我聽到她抑制住幸福的

輕喚⋯⋯海水被允許
以色情的舌尖恣意舔卷她

# 下降

下降儀式裏燕子的試探性
有時也會是盤旋中軍艦鳥
渡海的試探性

而一座煤氣廠試探著飛臨了
所謂暈眩，是轟鳴和意外
勉強的委婉語

在扇形田野它再一次減速
在更加壯麗的扇形海畔，它
站穩了腳跟，兩隻鋥亮的

不鏽鋼巨罐將成為乳房
餵養火焰，就業率
餵養三角洲意識空白的繦褓理想

於是有人從鐵煙囪滑落
像一面解除警報的旗
他走出煤氣廠

身份中混合著末世子孫和
大經濟新生兒灼痛的血
他腦中的視域仍在

半空：燕子和軍艦鳥
為即將到來的大雨而歡聚的
蜻蜓，啊蜻蜓

他順著坡道緩緩向下
走進較為濃郁的
綠色。──被迫收縮

鄉村在更低處。在那裏
失眠，是悲哀和期望
含混的委婉語

# 花園

那花園在座頭鯨呼吸裏
移行。那噴泉，斷了根
被一位捕鯨船舵手兼詩人
跟他要感激的白日夢押韻

如今這是他摸不到的光榮
像一個樂音固定於碟片
一本書打開，半自動的字詞
繁殖，再繁殖，直到成為

更真實的花園裏致幻的癩蛤蟆
去驚醒讀者又再施催眠術
——女看官從插圖進入傳奇
去做他尖叫和嘔吐的夫人……

這仿佛小孩的翻線圈遊戲
想像來自紙張，而詩藝是觀察的
對手，作為交換的語言
既來自寫作，又來自另一座

欲望花園。──那花園移行

在座頭鯨呼吸和詩人的激情裏

半空中噴泉的冠蓋高音

有一個幾乎被熄滅的根

# 遞送之神……

遞送之神盔邊的綠翅膀，裁剪
郵局，題獻給飛翔
它被人戲稱為亮光的建築
在晨星下，在黎明和持續抵達的
黎明，這郵局的輪廓是

迅速擴展的鐘聲之輪廓
這郵局的形象，是吳淞江岸北
片面的詩意。它肩頭的鐘樓醒目地
象徵，——它更綠的倒影
斜刺橋拱下滯澀的濁流

而它的陰鬱偏於西側，那裏
舊物質，還沒有全部從昨夜褪盡
一個清潔工揮舞掃帚
一個送奶人回味弄堂口
煙紙店女兒的水蜜桃屁股

——黑橡皮圍裙漸漸被照亮
郵局之光卻仍然遮擋住
完整的晦暗。石庫門。老閘橋

略早或略遠處棚戶區漲潮
陡坡上郵差的自行車俯衝

# 外灘

花園變遷。斑斕的虎皮被人造革
替換。它有如一座移動碼頭
別過看慣了江流的臉
水泥是想像的石頭；而石頭以植物自命
從馬路一側，它漂離堤壩到達另一側

不變的或許是外白渡橋
是鐵橋下那道分界水線
鷗鳥在邊境拍打翅膀，想要弄清
這渾濁的陰影是來自吳淞口初升的
太陽，還是來自可能的魚腹

城市三角洲迅速泛白
真正的石頭長成了紀念塔。塔前
噴泉邊，青銅塑像的四副面容
朝著四個確定的方向，羅盤在上空
像不明飛行物指示每一個方向之暈眩

於是一記鐘點敲響。水光倒映
雲霓聚合到海關金頂
從橋上下來的雙層大巴士

避開瞬間奪目的暗夜

在銀行大廈的玻璃光芒裏緩緩剎住車

時代廣場

細雨而且陣雨，而且在
鋥亮的玻璃鋼夏日
強光裏似乎
真的有一條時間裂縫

不過那不礙事。那滲漏
未阻止一座橋冒險一躍
從舊城區斑爛的
歷史時代，奮力落向正午

新岸，到一條直抵
傳奇時代的濱海大道
玻璃鋼女神的燕式髮型
被一隊翅膀依次拂掠

雨已經化入造景噴泉
軍艦鳥學會了傾斜著飛翔
朝下，再朝下，拋物線繞不過
依然鋥亮的玻璃鋼黃昏

甚至夜晚也保持鋥亮
晦暗是偶爾的時間裂縫
是時間裂縫裏稍稍滲漏的
一絲厭倦，一絲微風

不足以清醒一個一躍
入海的獵豔者。他的對象是
鋥亮的反面，短暫的雨，黝黑的
背部，有一橫曬不到的嬌人

白跡，像時間裂縫的肉體形態
或乾脆稱之為肉體時態
她差點被吹亂的髮型之燕翼
幾乎拂掠了歷史和傳奇

# 低岸

黑河黑到了頂點。羅盤遲疑中上升
被夜色繼承的錐體暮星像一個
導航員,糾正指針的霓虹燈偏向
——它光芒銳利的語言又借助風
刺傷堤壩上閱讀的瞳仁

書頁翻過了緩慢的幽冥,現在正展示
沿河街景過量的那一章
從高於海拔和壩下街巷的漲潮水平面
從更高處:四川路橋巔的弧光燈暈圈
——城市的措詞和建築物滑落,堆向

兩岸——因眼睛的迷惑而紛繁、神經質
有如纏繞的歐化句式,複雜的語法
淪陷了表達。在錯亂中,一艘運糞船
駛出橋拱,它逼開的寂靜和倒影水流
將席捲喧嘩和一座煉獄朝河心回湧

觀望則由於厭倦,更厭倦:觀望即頹廢
視野在瀝青坡道上傾斜,或者越過
漸涼的欄杆。而在欄杆和坡道盡頭

倉庫的教堂門廊之下，行人佇立，點煙

深吸，支氣管嗆進了黑河憂鬱物

## 譯經人

夢之軍隊乘風而來，侵入睡眠的
黑暗領地。黃銅號角卻
遼遠地破曉，喚醒朝露、武僧團
村委招待所波斯相貌的
服務小姐……那號角又命令
晨風急剎車，閃跌大夢
在超出了睡眠的塔林小廣場

另一支軍隊也集合起來了。引擎
轟鳴，驅動大客車奔赴——去
佔領。指揮員導遊的三角旗搖曳
被半導體喇叭變形為魔鏡的
一副嗓子，映照中翻新了舊地
舊山門、甘露臺上曾遭火刑的
兩棵舊柏樹、少室山下

依舊的白晝……。跟夢和
反覆的日常不一樣，譯經人枯坐
在晦暗的廊下，在一記鐘聲裏
透過紙張，抵達了聖言背後的
三摩地。然而憑籍或許的意願

譯經人回過神，黃昏已重臨
──卷帙中燈盞重新被點亮

這時候遊客們撤退至半途
愈加沉悶的黑暗車廂裏，遊客們酣睡
肉身因汽車朝不夜城急拐而
全體傾斜，像所謂大趨勢，像
過時的時尚……，他們那近乎
無夢的夢中，不會有譯經人
垂死的臉，燈光裏隱約的空幻表情

譯經人空幻的形象也不屬於
夢想和現實。當一支黃銅號角又吹響
收拾了時間和時間的凡俗，譯經人也許
從廊下到星下，踽踽獨行於細小的
林間路。他會在某座磚塔下歇息
一無所思，不在乎他是否
已經是塵土或吹來的一陣風

雨（回贈財部鳥子。她有個喚作「雨女」的雅號）

鄉村教師正要求孩子們辨認當地的
植物和石頭，雨落了下來
被喚作銀杏的千年古樹遮擋起那堂課
但雨還是落向了山中、幽深處
在言辭之外

＊

言辭卻推進。當我企圖展讀一封信
雨停歇了片刻，就像你
剛想要署名，收住筆，你名字偶然帶來的
雷陣雨，會因為幻想的閃電而必然
從東京移向海那邊一座空寂的城

＊

此時，如我曾讀到並諷仿的詩句
在黃昏的寺院裏我注視著雨
我離開衰敗的洛陽不太遠
我離開胡僧菩提達摩
有一千五百年

*

雨提供書寫成雨的詩篇。欲跟它

相襯的纖弱的言辭，會糾纏又一個

烏有的人；會讓我用記憶想像那個人

他以其不存在擺脫言辭，並且不屬於

變異循環裏停歇而後又到來的雨

# 過海（回贈張棗）

1

到時候你會說
虛空緩慢。正當風
快捷。渺茫指引船長和
螺旋槳
　　　　一個人看天
半天不吭聲，仿佛岑寂
閃耀著岑寂
虛空中海怪也跳動一顆心


2

在岸和島嶼間
偏頭痛發作像夜鳥覆巢
星空弧形滑向另一面。你
忍受⋯⋯現身於跳舞場
下決心死在
音樂搖擺裏。只不過
驟然，你夢見你過海
暈眩裏仿佛攬楚腰狂奔

3

星圖的海怪孩兒臉抽泣

海涅被度盡，航程未度盡

剩下的波瀾間

那黎明信天翁拂掠鐵船

那虛空，被忽略，被一支煙

打發。你假設你迎面錯過了

康拉德，返回臥艙，思量

怎麼寫，並沒有又去點燃一支煙


4

並沒有又回溯一顆夜海的

黑暗之心。打開舷窗

你眺望過去──你血液的

傾向性，已經被疾風拽往美人魚

然而首先，你看見描述

詞和詞燒制的玻璃海閃耀

　　　　　　　　　　岑寂

不見了，聲聲汽笛沒收了岑寂

5

你看見你就要跌入

鏡花緣，下決心死在

最為虛空的人間現實。你

回憶……正當航程也已經度盡

康拉德抱怨說

緩慢也沒意思。從臥艙出來

靈魂更渺茫，因為……海怪

只有海怪被留在了那個

書寫的位置上。（海怪

喜滋滋，變形，做

詩人）──而詩人擦好槍

一心去獵豔，去找回

僅屬於時間的沙漏新娘

完成被征服的又一次勝利

儘管，實際上，實際上如夢

航程度盡了海沒有度盡

# 跨世紀

寂靜大旅館──格局像一座棄用的
宮殿，老式電梯
卡住過舊時代腫痛的咽喉

夢見紅色的蒸汽機頭時
旅客正完善抵達的禮儀。旅客
推開窗，（緊貼窗玻璃迎候的
虛幻，有晨風探訪鳥巢的表情）
他處身於空曠──空曠和饑餓
順便也完善了甦醒的禮儀

地下隧道再一次向他推薦新世界
旅客從寂靜融入正午，聽到背後
老式電梯轟隆隆掉進深深的

幽怨。而他所見的不可名狀
強光要剪除一切黑暗、一切陰影
一切曖昧中往昔管轄的怪癖和悔恨
（如此絕對裏，他是否依然追隨
夜女郎？）旅客企圖發現一棵樹
找回屬於昨天的輕喚──「愛

留下……其餘無價值」。旅客穿越
未來火車站，他參觀陳腐的
骷髏專列：蒸汽機頭朽爛在紅色裏

記憶如同繩索，一下子
鬆開旅客。凹陷無名間一顆現在
劇烈地跳動。（他掙脫自我去融入
自由？也許反而受綁於遺忘？）旅客
回頭看：寂靜大旅館倒掛在天際
──強光甚至也剪除了此刻

## 窗龕

現在只不過有一個窗龕

孤懸於假設的孔雀藍天際

張嘴去銜住空無的樓頭還難以

想像──還顯露不了

建築師駭人的風格之虎豹


但已經能推測：你透過窗龕

看見自己，笨拙地騎在

翼指龍背上，你企圖衝鋒般

隱沒進映現大湖的玻璃鏡？也許

只不過，你剛好坐到梳粧檯邊上

頸窩裏倦曲著貓形睡意


那麼又一次透過窗龕

你能夠看見一堆錦繡，內衣褲

淩亂，一頭母獅無聊地偃仰

如果幽深處門扉正掀動

顯露更加幽深的後花園，你就能


預料，你就能虛擬：你怎樣

從一座魚形池塘的膚淺反光裏

猜出最為幽深的映象——一個
窗龕如一個倒影，它的烏有
被孔雀藍天際的不存在襯托
像幻想回憶錄，正在被幻想

語言跟世界的較量不過是
跟自己較量——窗龕的超現實
現在也已經是你的現實。黃昏天
到來，移走下午茶。一群蝙蝠
返回梳妝鏡晦黯的照耀。而

你，求證：建築師野外作業的
身影，會拉長凝視的落日眼光
你是否看見你俯瞰著自己
——不再透過，但持久地探出
窗龕以外是詞的蠻荒，夜之
狼群，要混同白日夢

## 小快板

中午的倦慵止於湖綠……司機
繼續──司機聽說過一個
統轄速度的神。火車正追逐
追逐著去咬開夏之咽喉的
金錢豹閃電,像緩慢射出
但必須準點抵達的麻醉彈

然而,紅。──紅是司機
午時的熱夢,迷幻間駛往
必要的暗藍。他裹緊制服的
記憶被剪開:風,吹過來
鐵輪飛旋磨擦鋼軌,卻偏偏從
高高挑出的斜拉橋躍向了
輪船在江心的一萬噸遲疑

幸虧,他剎車。紅夢正打算
掠過桅杆頂端的那一刻
驚醒卻把他高懸在事故
危難的半空……半空中火車
擊中了化身虛無的雲,讓
司機去見識──雲深處仿佛

確切的烏有。那麼，這當口
速度之神不再盲目──速度之
神，從更高處俯瞰更完整的
現場──火車才是那金錢豹閃電
而造成轟然傾覆的麻醉彈
幾乎是湖綠的……怪不得紅夢
（情急間司機甩脫了它）

# 途中的牌戲（回贈臧棣）

不知道能否從雙層列車裏找到那
借喻。他們在潮濕的站臺透迤
像驚羨博物館禽類收藏的
好奇參觀者，不安地注目
軟席車廂裏旅行家無聊

但一聲響笛催他們上路
一群時限鳥在他們咽喉裏
啁啾「開車啦」。稍稍猶豫後
他們也成為乘客去旅行。他們
讀晚報，刻意在上層硬座裏對坐

用不了多久，一個意志就招呼著
來到了他們中間；一副撲克
替換了閑覽。他們被聚攏進
同一種玩法，卻又分散在
各自摸來的點數間專注

只是在洗牌和懊悔甩錯主牌的
當口，他們才扭過臉
探看車窗外：細雨之貓一變

世界翻作浪，咆哮淋漓如

老虎般滂沱⋯⋯而一連到來的


幾組同花順，卻足以──把

想像鋼軌上滑翔的電鰻

控制於水一樣潰散的敗局，讓速度

減緩，不會甚至把終點也錯過

儘管，實際上，他們循環在


循環遊戲裏⋯⋯。就這樣火車

抵達下一站，有人嚷嚷著「下去

瞅一眼」，好像換手氣

再試著摸來全新的好牌

他們指望著，旅行家有一副


小怪模樣，打火，點上煙

闊步踱向裹緊塑膠雨披的黑桃A

不礙事的旁觀者照樣看門道，在

站臺上潮濕地透迤，不插嘴

等一聲鳴囀，再啟程⋯⋯升一級

# 眉間尺

煤氣燃燒，竄出了爐膛。在空氣
波瀾下，藍火焰潛艇深陷於
危機，要全力升上復仇的洋面
高壓驟減，肺幾乎充血
眉間尺又帶來決心的旋風

眉間尺又帶來他的茫然
如同剛剛鑄就的寶劍，還不知怎樣
應和風嘶鳴，還不知怎樣
在暗於海底的月黑之夜
去成為刺客、魚雷和閃電

一位魔術師命運般降臨
從袖中摸出也許曾經是幻滅的
手鐲──這手鐲也即
另一朵藍火焰，也即另一種危機和
恨，另一番燃燒，把青澀的

眉間尺，引向了更高領域的衝突
彩排的自殺性飛抵虛空
有如語言蛻化為詩行，慨然獻出了

意義的頭顱。那手鐲再一變

搖身為悲歌——剛好在悲歌裏


魔術師繼續眉間尺喜劇：以一枚

首級的恐怖主義，驚嚇樂於受

驚嚇的觀眾——頭顱被投入

沸釜中跳舞，它吐露的舌尖

把絕望舔卷……唾向了無辜


如此魔術師長嘯一聲，完成般

收起仇恨和煤氣爐……然而

一錯眼，眉間尺躍出了表演的限度

——仿佛並沒有甘休其命運

他張嘴，去咬緊，幻滅的手鐲

## 何夕

那無形也可以算一個姿勢
放慢的胡旋舞，在空氣裏不過是
女明星揮揮手打發了殘煙
天地間新精神替換舊腰肢

如今甚至已失傳了想像
朱雀折攏翅膀，像一把滾燙的
壺，而枯坐茶樓上漸漸
溫潤的遊客半探身，用一嘴
茗香，吐出不再有回味的浮世

「阮玲玉？NO……張曼玉！」
街對面一湖水稍稍傾斜
要把綠意，灌滿打火機點亮
那一瞬。就在那一瞬，風漫捲

僅屬於電影的閃回，把七世紀
長安，畫報般嘩拉拉亂翻了一遍
在其中掙扎又飄搖的一朵
被剪輯之刀半張著叼過來
拼貼一點點淡出的映射

意願餘火則殘留至今，依然
閃呀閃，吹進每個人膨脹的肺
──再次吐出的再歸於無形
再在半空中，以迷濛之眼

煙視轉換於角色和本色間
形神之媚行。這也不過是光影
媚行，是放慢的胡旋舞最終休止於
時態疑問裏：「今夕，何夕？」
⋯⋯女明星揮揮手又招引朱雀

## 旅行小說

勘探者來信說不過是冰

不過是冰──讓情境在晨昏間

滑行了將近八萬里路程

……途中買到過上好的燒酒

奔忙的嚮導犬乳頭曾變硬

有一艘破冰船，混同於故事裏

凝固的細浪……紙張卻構成

被太陽裁剪得整齊的白晝

折疊一道、再折疊一道：宇宙之

光，幾乎跟言辭光芒相重合


──等到它如炫耀展現在

現在：終於要冰一般溶化的

勘探者高舉走馬燈，朝

往昔盡頭又滑過去七十年加一個

殘冬。透出舊辭句縫隙的閃爍

閃爍著閃爍著，把歷險如

幻燈片，翻打到塔樓

漸暗的牆上。讀信人誕生於

記憶的晚境，他借助放大鏡

埋首的專注裏，仍有著勘探者

也許已蒼老的一絲驚訝、一絲

恐慌和一絲滿足：因為龍

龍吟，越過被零度以下的

描述傳奇的魔山鋒刃，慢風般

又踱盡更朝著黑夜彎曲的穹窿

從半空下探這閱讀的天窗

它是否看到了當初未將它

獵獲的男主角，此刻正拆開

另一封寄自早年的信？正輕聲

咕噥：為何……只是冰

## 梳妝鏡

在古玩店

　　　　在古玩店

手搖唱機演繹奈何天

鏤花窗框裏，杜麗娘隱約像

瀰散的印度香，像春宮

褪色，屏風下幽媾


滯銷音樂被戀舊的耳朵

消費了又一趟；老貨

黯然，卻終於

在偏僻小鎮的烏木櫃檯裏

夢見了世界中心之色情


「那不過是時光舞曲正

倒轉……」是時光舞曲

不慎打碎了變奏之鏡

雞翅木匣，卻自動彈出

梳妝鏡一面

　　　　梳妝鏡一面

映照三生石異形易容

把世紀**翻**作了數碼新世紀

盜版柳夢梅玩真些兒個

從依稀影像間，辨不清

自己是怎樣的遊魂


辨不清此刻是否即

當年──

　　　　　在古玩店

在古玩店：膠木唱片

換一副嘴臉；梳妝鏡一面

映照錯拂弦⋯⋯回看的青眼

## 詠歎前的敘述調

碼頭高出岸線一小截
推單車去趕渡船的郵遞員
要稍稍拎一下生鏽的把手
這表明春江聽從了季節律令
濁流上漲，繁忙像汽笛
噪音解散著煙塵那滾滾的
黑制服編隊。接著是輕微卻已經
明顯誇大的坡度，一直到江心
好讓單車性急如大獵犬
向下疾沖……郵遞員跟上
一路小跑，他的形象
十年後又一次沒入船艙油污的
晦暗，已變幻成一個
黝黑的支局長，跨坐著摩托
如騎上了常遭罰款的命運虎
過江是他的一次暫歇。渡輪貼上
對面碼頭橡皮胎護沿時一陣
輕顫。他趕緊又啟動
他剛剛眯縫眼看到的那葉
柔軟的船帆，也趕緊化作他塑膠
頭盔上搖擺的翅膀，追隨疾馳

猶豫地掀動……景象在

加速度後面合攏，立即就成了

過去籠罩的石頭廢墟，而迎面

更朝他撲來的道路，則是他

十年前投遞的掛號預約函

## 仿童話

看上去像極了語言的圈套：舉一
反三的亞馬遜鸚鵡在時間裏
跳騰，似乎說──這樣

又似乎說──那樣……閃爍著
螢光的黃腦袋扭轉，忘記了曾經
這樣那樣的低啼和長鳴

它綠色的小嗓子被鎖於句法
它掀動求偶激情的翅膀如兩截
霓虹，邏輯地短於

為求生存而橫貫天際的馬拉松飛翔

然而它嗅及、並很快聽說了
一頭香味豹發出的邀請。香味豹
不言語，如同不上足發條的

鐘，隱藏期待，在每次錯失裏
──蔭深處暫緩機心的呼吸
卻要比學舌更加討喜歡

這誘引分泌暗示的春宮，跟
日光浴女郎偃仰間分泌的春宮暗示
一樣會入迷，會架構起

氣味虛線勾畫於空無的陳倉暗道

看上去，那已經是十足的儀式陷阱
亞馬遜鸚鵡攜帶被剪掉一截的
自我，欺瞞著奔赴

　　　　　　　（靠斑紋玫瑰）
正將它欺瞞的芬芳鴻門宴
——當是時也，香味豹只需

奪分秒一躍，肯定就咬準了半空中
以詩寒暄的喉管
　　　　　　……吞噬一番後

吐出的骨骼和羽毛會怎樣呢？

## 沙曼荼羅

這不是奇跡。僅僅是醒來
奮力攀登正午的早晨有自己的
曼荼羅。混世魔王玩弄所謂
格局不對稱，在一列火車
俯首射入涵洞之際
更多偏向了昨夜──電視塔

播音員卻又用小嗓子報站
乘客聆聽，一點不怠慢
傾身迎合她有如呻吟的
節奏加速度──消息被當成
來自世界中心的消息
她訴說現在，指向了未來

剛好在未來乘客下地鐵
由電梯升上薄月依然隱現的
海平線。紅色巨輪從中心
馳開。江面上鷗鳥折腰
折騰。新太陽長跑，碾過
沙漏街。老年人咕噥道

「這不是進程。僅僅是
作秀……」混世魔王一轉念
轉世，在心理診所裏，披掛
白得更耀眼的袈裟。女護士
脫衣，演練臨床戲，傾心
去摩仿傾身迎合的節奏

加速度──間歇裏電視臺
又得以介入，又得以從一個
拉開窗簾俯拍的角度
導播趨時的肥皂劇高潮
乘客的影子踱過天穹
已經收縮進最後那一圈

在最後一圈，正午正要以
疾墜去對稱。乘客換乘新電梯
就診……迎面所見的不再是
舊日。醫師魔王般攪散了
格局──女護士開門，展示
曼荼羅：細沙混同宇和宙輪迴

**蟾<br>蜍**

遠離監控般遠離詩人的井底生涯

這癲蛤蟆,坐上顯現出行星弧度的

大地頭蓋骨,更嚮往虛空裏


金色的自由。而自由是不自由

自由的幻想性,牽扯於

行星的被迫運轉:向心力淪入


命運之黑暗。那未必不同於井底黑暗

黑暗中詩人書寫過黑暗

……黑暗中詩人,化身為他在


時代意識裏洞見的黑暗:一副嗓子

一隻癲蛤蟆,一個終於披掛上金色

飛升到高寒境地的蛙神


啊蟾蜍,卻又被良夜映回了

幽深的井底。當詩人吟詠

當玻璃井欄邊扮演妃子的廣告女郎是

新一代嫦娥，月亮和月亮中

陰影的自由，監控般為事物

提供照耀，如同電視劇，為打發


日常黑暗而去搬演了黑暗的日常

它必然要給予你陰影幻想

那金色的，那自由／不自由


那跳離頭蓋骨意外住進了

嫦娥子宮的癩蛤蟆詩人

虛空裏──不僅蹲坐著一個嚮往

作坊超現實

玻璃匠不覺得那是個差錯
──他俯身裁劃，閃電來幫忙
閃電把金鋼鑽引向霹靂
用一杆瞬間妖嬈的三叉戟
掀翻斜掛的熟鐵皮天棚

如同玻璃渣傾灑向玻璃
大雨仿佛……
　　　　　　卻幾乎不是雨
雷公回轉身，轟隆隆折迭好
攜帶型嘴臉──那天邊外閣樓
敞開的老虎窗，又探出換班的
九顆怪頭顱，嘩啦啦噴吐

龍的九種欲望和決心，九番
澆淋，一下就灌滿了玻璃作坊這
裂口的玻璃槽──玻璃匠直起
腰──他周遭的世界
已經被蜿蜒、蜿蜒地剖開了

差錯僅在於打量的眼光

浮法玻璃朝兩邊漂移將天象倒映

（烏雲舞劇團，彩排著霓虹

高蹈的幕間戲）

　　　　　　　　再一次去裁劃

借來的壯麗……玻璃匠不想說

現實更甚，也依然是現實

喜歌劇

翻卷的舌頭裏有一朵
小小的味蕾在鞠躬，有兩朵
三朵和更多味蕾——曲體轉向
扭傷了腰肢，像舞場老手們騰雲駕霧
自一種節拍可疑的尖酸
去回望連綿的火焰山紅湯

⋯⋯漸遠的老辣
沿大地弧形滑到悠渺那邊的
　　　　　　　烹飪
他掃過細嚼慢嚥的目光又掃過饕餮
伸出象牙箸，小心把半條魚
釣離蒸汽籠罩的暖鍋

很可能他反而挾走了月亮。儘管
實際上，月亮正背向魚和魚刺
隱入廚房萬千重油污。一小點
追光，映照一小碗水晶果凍⋯⋯銀匙
旋呀旋，意欲從圓潤的
凝脂波爾卡，剜出一小口

膩滑扭捏的綿甜舞伴嗎？這

粉面狐腰的夜女郎暗示：「假如你

記不住此刻滋味⋯⋯那麼」

「怎麼樣？」──他剛想要舔破

面前的月亮，一剎時辛苦

　　　　　蟄碎了舌尖

## 幽香

暗藏在空氣的抽屜裏抽泣
一股幽香像一股鳳釵
脫落了幾粒珊瑚綠淚光
它曾經把纏繞如青絲的一嗅
簪為盤龍髻，讓所謂伊人
獲得了風靡一時的側影

然而來不及多一番打量
光陰就解散了急墜向頹廢的
高螺旋髮型。等到你回顧
──折腰、俯首：幾縷
枯髮殘留，是不是依然
以幽香的方式牽掛著

幽香？逝水卻換一種方式倒灌
那仿佛已蒸發的容顏映射隨
細雨潛入夜──看不見的
鳳釵也許生了鏽，也許
免不了，被想像的孤燈
照亮……去想像

所謂

伊人並非「就是」也不是

「似乎」，但似乎就是

誘人的氣息刻意被做舊

你更甚於想像的幻想之鼻

深埋進往昔，你呼吸的記憶


近乎技藝，以回味的必要性

憑空去捏造又像幽香的

或許的憂傷──這固然由於夜

雨在暫歇處抽泣著不存在

這其實還由於：不存在的

抽屜裏暗藏著過去時

# 下揚州

發明摘星辰天梯的那個人

也相應地去發明

包藏起迢迢河漢的天幕

他站在雜技場最高的天橋上

光著膀子，仿佛雲中君

為下界繁華裏一絲

寂靜而低眉……神傷


他要令觀望不止於觀望

借一點靈光，他發明丹頂鶴

披上獵獵的防雨大鬥蓬，他

出場──然而他棲落處

已不是揚州


　　　　然而他棲落處

一支軍隊正演習反恐怖

把全城的每一條僻靜小弄堂

都當作下水道疏通又

疏通……卻不料假想敵

竟來自空中……那個人

迫降，在舊世界唯一的

魔術舞臺上──他聲稱有能力
發明仇恨，至少他可以
立即抖擻那被稱作悲憤的
娛樂和激情。不過，一轉臉
他已經隱沒在看客們中間

不過一轉臉他已經浮現
像有著七十二變相的政治家
順帶著發明了落日……憂愁
那個人收斂防雨大鬥蓬
卻露出獻媚的粉紅色肚兜
──新現實將被他巧妙地刺繡
並且他棲落處，已不是揚州

# 導遊圖

餘暉佩戴著星形標記像一個錯誤。像一個錯誤嗎？
還沒有盡興的爬山新手們稍歇在四望峰，
聽下面雲動，滂沱一場雨。
他們要去的下一個景點更在天邊外。

\*

大雨讓你和他只能在山前小旅館玩牌。
門窗敞開著，沒了生意的髮廊姐妹時時來探看。
霧汽群羊做得更出色——從桑拿浴室裏
湧進走廊，擠上雙人床；
雷霆鎮壓咩咩的叫喚聲。

\*

藉著閃電，寫作者一瞥。
藉著閃電我記起履歷，更多旅程裏我被運送著，讀
　　別的遊記：
藉著閃電有人從裏挾裏突出包圍圈，其中一個說
　　「我已經濕了……」

\*

攀登者決定把汗水流盡，
到金頂再把自己吹幹或曬乾。
他們後面的滑杆裏窩著舊樣版電影、烏雲和乳房：
匪營長的二姨太髮髻盤旋、盤旋向高海拔；
臭苦力腫肩，朝旗袍衩口裏回望落日淪陷進地峽。

\*

這不是詩。是累活兒。
石匠花費了多少輪迴築成盤山梯？
新來者攀上新三岔口，觸摸深鑿進凹陷鷹眼和
夜之暈圈的青石路標：
抵達樂園還需花費多少輪迴呢？

\*

但每一次回看像一座小樂園。
如果你打算把視線捆綁在叫不出名字的歸鳥腳杆上

回看得更遠，直至幽深……小樂園也許會翻轉為
　地獄。

*

一天的等待就已經漫長得讓人受不了。
新雨消滅舊雨，新希望成為記憶中振翅欲飛的舊
　幻想。
傍晚你和他終於厭倦了輸贏、反覆……
無聊牌戲幸好還可以變化小說：
──他打開檯燈……你讀導遊圖。

在公共圖書館（從3月19日上海到3月18日紐約）

拂開遮擋閱覽的翅膀，天使下探身
卻未能以穹頂畫賦予的高寒理解力
讀懂那個人
　　　　　——他快速穿越了
宇宙調度員時間的心房，來不及仰望
來不及跟俯瞰交流視幻覺

僅僅在翻看到這頁之前，那個人
俯瞰著，從更其高寒的九重天深究
下面的冰海：洶湧凝結如飛鳥不動
機翼掠過本初子午線重回了
往昔？探出艙窗打量新大陸
他降落在早於起飛的舊光陰

大理石英語整飭，透心涼
自千篇一律的表達迴廊，直砌到
開啟一半的透明。那個人也只是
猜對了一半：當他從知識的色情退步
在第五大道上扭腰，回頭望
百樂門翅膀拂掠紐約的魅力春宮

一錯眼那個人拐進四馬路，要是他
沒在意，一恍惚他就會抵達外灘
今日此刻剛好是昨日？而昨日之日
未必不可留……馬路天使盤旋百老彙
又何曾聽懂，那個人用他的上海話囁嚅
外白渡橋頭錯過洋涇浜

　　　　　　　　但是那個人
過橋來到了哈德遜河畔注目流逝
玩味不相仿佛之仿佛。時間更以其
重現的差異性，為他又翻過別樣的一頁
水中倒影也映現穹頂畫，那個人疑惑
讓閱覽暫停，以俯瞰交流仰望的視幻覺

## 幽隱街的玉樹後庭花（3月20日，也許）

從來沒有滿足過，沒有得到過

哪怕是一個歡樂的夜晚，或者一個

絢爛的早晨。

　　　　　　——卡瓦菲斯《欲望》


……反應不至於更加化學了——不至於

更加

　　　像一枚滴酒入喉的膽瓶

把夜生活快遞給夜色裏薄醉的玩味之心

循環系統為循環循環著，其中有一條

橫街叫幽隱，讓你以為它聯通奇境

——能把你帶往下一輪循環，下一支舞曲

能為你從它拱廊反覆的弧形變奏裏

變出你要的吹彈夜女郎……

但是你沒摸準

從減肥直至瘦身顯露的肋骨琴鍵裏

跳蕩的那個鍵

　　　　　　嗚咽的那個鍵

被曖昧地撳下、機關旋鈕般打開眾妙之門的

那個鍵：她潤滑得讓你一下子抱緊了滿懷閃爍

她的多姿卻抽身到一邊，用媚眼兒瞅你

能夠從滿懷裏掏出多少豪興和小費、柔情和

冷血、玻璃耀眼的曲頸葫蘆裏

浮出金酒的刁鑽和魔幻

　　　　　　　　──她腰際的迷魂調

晃悠調音師；她兌進過量汗液的龍涎香

令自我暈浪

　　　　　令胸襟間巡航的鳴唱之艦

真像是浮泛於巨瀾大波，而不是在一家

實驗室改造的夜總會裏，在反應失措的

欲望實驗後休止、去停靠……於是你不知道

該不該攀上音高桅頂，去拂掠和擷折，取悅

即興──那還算不上一種激情嗎？如果你

泡她，就更不是激情！

　　　　　　　實際上你被她泡進了

氛圍大師的新配方，茉莉、羅勒、菖蒲加風信子

合成又一款空氣之痙攣

　　　　　　　「那才叫飄渺呢

……純粹靠化學！」誰又能判斷，這不是一句

玄奧的廣告詩？這不是手機在輕歎或

挖苦？然而她繼續發她的短信──「也許

明天。也許──永不。」歌喉揭曉最後通牒

「反正不超過某個此夜！」──反正在循環裏

誰不想尋歡？誰得以尋歡？誰的反應將

　　　　　　　　　　　　　　　　更加化學呢

門捷列夫曾經走錯過一間實驗室，曾經因

目擊

　　　吧臺上橫陳的死之豔麗

猝然暈厥了⋯⋯眼前一抹黑向著繁星鞠躬

那一瞬，真理從迷醉的音樂裏揭幕

炫耀元素的週期性金鏈。物質的白頸項

佩戴著金鏈──「這金鏈會把我

裝扮確切的狐媚表達為

疑慮和猜測、試探和掂量⋯⋯」

　　　　　　　　　　　　　你假意矼摸她

胸飾的時候，夜女郎起伏的欲壑畢現

看上去多麼像

　　　　　　橫街幽隱處顯露的

幽隱──「再也不必用辭藻隆乳⋯⋯捲起

兩堆雪。」⋯⋯糾纏接近了夜半消溶

摩登按摩燈，多多關照著夜女郎奶幫上
仿佛標誌的那粒朱砂痣
「噢喲那的確標致之至！」那的確剛好是
頻頻迷途於波峰浪穀的海軍陸戰隊欲望的
　　　　　　　　　　　　　　　　　星
你要以玩味撫慰深究的──卻彷彿心！幾乎比
玩味更值得玩味
　　　　　　　幾乎比化學更加化學了
比門捷列夫溢出其實驗性，對象棋殘局的
紅藍之變，更成為酒吧劇場裏反戰的
戲中戲、燒杯涓滴的意願試劑、洗錢魔術裏
微妙的輪盤賭……甚或一記鍾震顫幽隱街
那塔樓暗自赤立童然，將消費後殘餘的音屑
收回，如垃圾筒回收空瓶、易拉罐……
　　　　　　　　　　　　　退潮之血
再也不起浪，直到她兩腿間開合的淵藪
湧現又一座盜版樂園
　　　　　　　……全靠著化學，靠
職業技巧的海市蜃樓，夜女郎翻過身
以仿佛純熟的純屬無意，顯露不必再隱瞞的
沙場。──「每次我都要將它生下，」

每次我都喚它作黎明。」──每次黎明

都叼著保險套頂端漲滿的乳頭順勢

被拽出──黎明咬破這

　　　　　　　　化學製品

一架殲擊機幹掉殘月，好讓你如膽瓶

把粘稠澆灌進

　　　　　　深喉裏豁然的白晝……哦白晝

──吹彈夜女郎白白奏弄了，很可能只不過

湊弄了一番。因為，電視臺新聞打開了摹仿現實的

現實──主持人念錯否？「巴格達人民

絕不被白揍！」並且當夜女郎收下人民幣爭辯說

「未必！……敗走不剛好是

戰爭最不化學的方程式？」──那循環如

　　　　　　　　　　　　　　　世界

再次裸呈尋歡的非禮性。誰又不知道它的

非理性

　　　　它全球化的地域色情裏永恆的地獄性

卻已經不再是實驗室改造的夜總會政治

如一線陽光，足以讓夜女郎面目全非

她從化妝間返回那一刻，空氣中馥鬱的

春宮之香失守於硝煙──報導和抗議的聯軍

穿透幽隱街直取了中午的瞬間公正

「伊捺能走攏？再跟儂拜拜！」

一記鐘又敲響

你的反應──令它不至於更加化學了……

# 應邀參觀

一個影像是一項邀請。

————蘇珊‧桑塔格

於是就擱下奇思異想著光陰的相冊，
跟他們一起去看個究竟。

那晚上下雪，
桃花源被冰封藏進水晶罩……
斜穿過快速隱沒的林間路，
一輛馬車如他們的忘懷，並沒有
馳來，或小駐於記憶的想像之境；
它鈴鐸的微顫卻還是借助風，
依稀拂弄了YADDO*幾乎刻意的寂靜。
幻聽著旅人途中的低吟，白色之下褐色的
三月，被一個旋律輕輕攪動著——
「還要趕多少路才能夠安歇？」他們
不搭腔。華燈從幽深處打開新境界。
仙子顏如玉，因為隱身於老式愛情嗎？
客廳幾經蜿轉後展現。她透過鏤花鏡
將他們攝入，——她安排他們
啜飲閃爍於盆栽闊葉的室內樂甘露。
酩酊為他們搖曳仿童話。每一重門戶

則可以僅靠著尋常言辭反覆去推敲。

數幅山海圖構勒烏托邦，卷帙間瑤池

掩映漫遊者渡越的意願和

濯足之探。──那口大浴缸更值得在意，

它歸結得恰好，在走廊盡頭，

提醒世界無暇地搪瓷化。誰要是

撩開它二十四小時熱水蒸騰的霧汽帷幕，

誰就會看到，綺窗外雪的戲劇

淨化著，七個小矮人陶醉，更醉，

以他們的茫然追隨漫捲的超現實公主……

然而不打算繼續下去了──自他們

過多的驚羨裏轉身，到黯然處

擺弄錯放在大理石裸女和

青銅鶴鳥之間的電視機。對於仿童話，

它像個童話；對於每一間提供好夢的

理想之屋，它是否現實？熒屏被

雪花干擾了片刻，顯露出掀掉披巾的臉

和揭去防毒面具的臉……花容

轉陰，──水晶罩裏的顏如玉仙子

又待如何呢？

　　　　於是就擱下

奇思異想著光陰的相冊。

劉子驥安歇。「⋯⋯遂無問津者！」

---

*　YADDO：位於美國紐約州小城Saratoga Springs的一個藝術村。

# 馬場邊的幽靈別墅

春雨驟降,敲打馬場邊棄用的小別墅。
鼓點一陣陣緊密,招魂某個賽季,
讓快步到廊下暫避的過路人,
又聽到洶湧的眾口一呼和譁然潰散——
最不被看好的那匹「追悔」,
為夏之迷狂贏取了一致的追悔沒及。

\*

眼前沒什麼可以洗刷了。馬廄裏
僅有些黃沙,跑道上黃沙化土。
空曠以空曠容納著空曠。
唯一的一棵樹,甚至把曾經
綠滿枝頭的每一枚錢幣全都給輸光。

\*

但是它虯曲著尚未枯萎的那份好奇心,
仍想要庇護和欣賞那
一半公開給荒蕪,一半朝地下擴展的
賭局:會員制螞蟻卻不能阻止

雨的空降師

　　　　　大開著霹靂探照燈入侵⋯⋯
負重爭先沒改為衝浪，
──驅逐令用漂泊結束了遊戲。

　　　　　　　　*

⋯⋯過路人去尋訪別墅幽靈⋯⋯

　　　　　　　　*

事件劇因事件淪為經典。最後的臺詞，
在胡桃木梁上纏繞了多少年，
由一粒蜘蛛吐露餘韻垂掛到廳堂。
重新排練，則幾乎是樓梯把初衷轉折，
讓猶疑──猶疑著攀上相反的高度。
在那裏，一副望遠鏡依然從老虎窗
注目馬場，放大即興導演的細節。

　　　　　　　　*

又過去多少年，在一張露天早餐桌邊上
他讀到報導：賽事意外和馬場頹廢的
機關佈景按鈕被找到──就像一個詞，
被一派言說遮閉又拱托；
像無數馬蹄踏碎，一起朝空無衝刺⋯⋯

*

然而過路人提速想像緩慢了這場雨。
透過望遠鏡看到的雨滴近乎水晶球，
核心裏有一隻虹膜映現馬場弧光的
變形馬眼，對視過路人眼中的偵探。
──幽靈液化於稍縱即逝，不讓他
有可能再次走神⋯⋯又回過神來。

## 寫給DoDo。她說夢不屬於個人

七塊門板就像他度過的任何七天。
他純粹的一生，在每個七天裏循環周行，
直到輪迴將他變成了另外的他，
繼續在月升時上緊門板，月落時卸下、
打開，讓擺放煙紙和松香的木櫃檯，
正對不變的青石棧橋。棧橋外水霧
瀰漫浩淼的世界盡頭。

　　　　　　　　他總是在櫃檯後
遐想到瞌睡，被蒼蠅盤旋的核桃腦瓜裏
盤旋著蝴蝶夢，招引追逐鱗翅目幽靈的
標本採集人。——洲際旅行者不期而來，
胸前一架足以攝魂的數碼相機，
代替了腰間捕風的尼龍網。鏡頭，捉影，
卻剛好把悠久的現實之蛹

　　　　　　　　幻化作翩然。
這讓他迷惑——自己是否醒來過一次？
他的渙散，則再次以猜測聚焦疑問，
打聽世界中心的消息。「那不過是一間
普通書房」（鏡頭被旅行者縮回相機，

如同夢出竅，試探了星空又重返黑暗）
「一盞白熾燈，收斂語言和

真理之光。」
「在那裏月升，接著月落，——典籍
因為被反覆翻閱，獲得了循環周行的
結構……」他聽見他正在喃喃自語，
七塊門板和他的木櫃檯，遙相對應世界之
空：「這設定於書房裏攤開的典籍，其中
詩行——全都在一次瞌睡裏寫就……」

# 全裝修

詩是這首詩的主題

——W・史蒂文斯《彈藍吉他的人》

1

來自月全食之夜的沙漠
那個色目人驅策忽必烈
一匹為征服加速的追風馬

他的頭盔顯然更急切
頂一篷紅纓，要超越馬頭
他的脊椎幾乎彎成弓

被要求斜對著傍晚的水景
上足了釉彩的鎖子甲閃爍
提醒記憶，他曾經穿越了

淺睡和深困間反覆映照的
火焰山之夢，他當胸塗沫
水銀的護心鏡，把落日之光

I

折射，如箭簇，從鑲嵌在

衛生間牆上這片瓷磚的

裝飾圖案裏，彈出舌尖去舔


去舔破──客廳裏那個人

卻正以更為誇張的霓虹腰身

將腦袋頂入液晶顯示幕


2

一個遜於現實之魔幻的

魔幻世界是他的現實

來自月全食之夜的沙漠


在帝國時代*裏，他的赤裸

被幾個無眠黃袍加身

茅廬變城邦……一枚銀幣


往返於海盜和溫州炒房團

之間的無間道──重又落入他

抽離內褲，趕緊去一掬虛無的

手中之時，那個人已經用

追風馬忽必烈裝潢了赤裸

鎖子甲閃爍，高掛於衛生間


浴缸的弧度則順從著腰身

而一抹霓虹斜跨人工湖

沒於燈海，令夜色成


夜色籠罩小區

　　　　　　令一番心血

不會以毛坯的名義掛牌


3

這情形相當於一首翻譯詩

溜著小狗忽必烈的那個人

將一頭短髮染成了金色


他如何能設想他被設想著

腦袋退出了電腦虛擬的

包月制現實，並且用赤裸投身

超現實，鑲嵌進衛生間牆上
這片瓷磚畫裝修的悠遠
披上浴袍像披上鎖子甲，憑窗

望星空，構思又一種
魔幻記憶──他曾經穿越了
淺睡和深困間反覆映照的

火焰山之夢？或許他只不過
自小區水景和不鏽鋼假山
擇路返回。這情形相當於一首

翻譯詩：它來自沙漠的
月全食之夜，不免對自己說
──天吶，我這是在哪兒

＊　帝國時代：一款電腦遊戲。

**奈良**

往高松塚的路上如夢

櫻花樹下時時遇見饕鹿

歇腳在一邊翻看雜誌克勞斯如是說


世界末日之際

我願正在隱居


坐到法隆寺殿的黃昏瞌睡唯美之迷醉

又有鐵鈴鐺叮叮

送來想像的斑鳩


走馬觀花一過

即為葬生之地

## 電影詩

如果到了未來

記憶還能夠升起一片月

照臨往昔

也就是現在

讓一線斜陽把下沉式廣場的虛懷收緊

縮成情人座，你會不會又一次

放大了瞳孔？──因為你依舊

被電影最初的那陣子黑暗抱得太熱切


電影要映現的，卻是另外的想像方程式


電影不打算再去收緊，它只要

看電影的兩個人成為唯一

當情人座在電影漸漸鬆開的明亮裏空曠

那唯一的人，一半還勉強

守住又可以自由的身體，另有一半

早已在下沉式廣場的欲望裏化開

放起了風箏──鏡頭於是從天邊外俯衝

快推過道道鋒利的屋脊像掠過層層浪


你呢

從貪戀的狂吻裏掙轉來半邊臉，鳥一樣側目
故意將月下滑翔的翼翅全看作山梁


「在那一側」
　　　　　　　　你飄揚著一半漫捲的身體說
「有幾枝荊棘花閃耀著閃耀……」
它們莫須有倒刺的莖杆
會不會勾連唯一的那個人纏繞的視線？——所以


　　　　　　　　　　　　　　　你
在情人座裏調整了一個更忘我的角度
好讓仍屬於自己的這一半
慢一點看電影快速進展於時間隧道


唯一的那個人
　　　　　　　　如果把情人座裝修在一輛
空調大巴最靠後的高坡上
讓你能更放肆，偃仰在車窗的寬螢幕前
那麼只要一穿過隧道，你和你就都能如同電影
從現實擷取的記憶裏看到……那閃耀
正在閃耀著……

並且，如果

到了未來

記憶還能夠升起一片月照臨往昔

也就是現在

你和你也只能就是那個唯一的人

像穿過時間隧道般又穿過下沉式廣場的電影


「在那一側──


有幾枝荊棘花閃耀著閃耀……」

# 童話詩

被將來的夜雨洗了好幾遍，在廢舊車廂
鏽紅的那一側，粉筆字早已字跡模糊，
卻反而勾勒出清晰的腔調：

「胖子下班了，

多麼舒服呀！」

要想再一次確認這聲音，目光先要
從廢車廂移向小站磚牆上掛著的滅火器。
滅火器下面，長條椅空寂。這個胖子，
虛幻地舒服著
粉筆輕描的身形輪廓。

胖子是透明的，
能夠把朦腫於繁星的一整個通宵
慢慢咽下去。
但胖子有點乏，他僅僅
把啟明星照例像黃昏星一般別在了胸前。

……他的徽章也成了他的燈，
引著他打一個冒出貓形白汽的哈欠，
邁過小鐵門拐進了幽深。

　　　　　　　　　　　　在他身後，
火車忙碌得越來越隱約。


遠去的轟鳴正被這隱約載往寂靜，
要不是轟鳴以另外的隱約逗出小鐵門，
像若無的追光追上了他，
胖子的前方，大概就不會有
一陣陣放大聲量的犬吠⋯⋯


可現在，狗又到村頭又跳又叫，
空氣震顫，一輪月墜進了半輪
村後的丘山。
　　　　　　胖子嘟囔著他的八字步，
讓聲音泛白的泥徑蜿蜒，穿過他


粉筆框出的空心身體，去抵達世界
本來的疲憊。那便是胖子下班的
舒服了：一輪月抹掉半輪丘山，
為了瀰漫開漆黑的穹窿。
　　　　　　　　　　胖子也許就

歇在了那下面。

他趁著屁股縫裂開褲子的涼快和滑稽，

蹲在了那下面——

他藉著有可能抹掉自己的痛快和滑稽，

用粉筆把自己塗寫在夜雨將至的那下面。

## 旅館

我在旅館裏寫一座旅館
我躺在你身邊等待著你
嘴唇親吻，舌頭舐舔
牙齒咬齧手不被允許
手將要伸過去
打開更幽婉的另一個房間

另一個房間另一支樂曲
天堂的鄰居放棄了永生
有人仰面，星光燦爛
看你轉側時間的拐角
你佇足去探問
用柔情俯向頂窗的半透明

監控室並置一面面熒屏
上演走廊裏空寂的戲劇
電梯靜候，門衛熄燈
夢裏夜色換成了白晝
醒來的又一天
又一個房間我依然等待你

我在旅館裏憶一座旅館

我躺在你身邊遙想起你

嘴唇說出，舌頭眷戀

牙齒沒了心還在咬齧

心也會跳不動

你推門進來傾身俯向我

## 譯自亡國的詩歌皇帝

擱下鋪張到窒息的大業：那接近完成的多米諾帝國

一時間朕只要一口足夠新鮮的空氣

*

而突然冒出的那個想法，難免不會被激怒貶損

　　──萬千重關山未必重於虛空裏最為虛空的嗝啾

*

聲聲鳥鳴的終極之美更攪亂心

拂袖朕掀翻半輩子經營的骨牌迷樓

仿卞之琳未肖：距離的組織

幽夢電話把她從空調房撥進了峽谷
八月的呢喃一陣陣炎熱
你耳蝸裏螺旋器慢轉一枚西湖凹面鏡
隱約有弧形的蟬鳴在熄滅
以心臟墜入虛空為代價，你乘坐的大客車
疾沉，旅客們恍自瞌睡中坐起
信號中斷了，他們已馳入海拔更為陰翳的澗底
轉出山口，你才又聽見她回憶初見大海的一瞬
而你吃驚於意外也就在此刻照亮出竅的靈魂
大客車一躍，闖進了烏雲懸幛間排列的陽光陣
格薩爾幻化億萬枚凸面盾展開青海湖

*

你嘗了嘗浩渺分泌的鹽
你電話的舌尖，舔醒千里外她的回籠覺
湖，你說，以前是甜的
鏡面映現星辰良夜，越來越明亮的黃昏的雨
倒影裏反覆落日雲霓和爭航的樓船
她企圖瞥一眼你的紅塵
光身子下床，卷簾西湖

那該是內傾力，想像朝遺忘的又一次坍塌
要是你，不再像宇航員探測她的人間消息
……那麼辛鹹將如何說出呢
青海湖面漲至耳際，甚至隆起了你的頭蓋骨

# 歸青田（紀念記憶）

整個夏天，臨睡前去鋪開
被汗漬渲染得更老的篾席
再把盔形罩鏽蝕了半邊的那盞檯燈
也移往滑爽的打蠟地板，擺放於
篾席微卷起破損的那一頭

他躺下，就著燈，展開一冊
《聊齋誌異》——望夜裏乾脆
就著滿月

　　　　邊上，他兒子喜歡看
玉蘭樹冠和長窗的影子從牆角到天花板

他讀一段然後講解，朔弦明滅
語調各不同。濃郁之晦裏
他兒子聽見狐妖們踮腳輕點屋瓦
另有魂魄，淒然轉過弄堂暗角
臉色紙一樣，到水邊幽怨

接著是另幾個眉月和盈月夜
另幾個虧月跟殘月切換，枕席之上
他娓娓，演繹更多非人間故事

為了強忍住一個嗚咽，為了用他
所有的訴說，不去訴說他母親的姓名

又一個夏天來臨，兒子已到了
他當初噬心壓抑悲憤的年紀
憑著欄杆，兩個人翻看一冊舊書
端詳著，終於會顯影於遺忘暗房的
顫慄的底片

　　　　　　──當這個女人
在早先的夏天突然發了瘋
從自己的姓名裏縱身一躍
沉進河塘，像要去捂緊油亮水鏡裏
漩渦一樣無限收攝高音的喇叭

死和火紅的黃昏之上，有另一隻喇叭
重疊於落日，仍然在傾灑
噴射拉線廣播的烈焰，半枯焦了
野田禾稻、運河與溝渠……穿過
這個女人的道路，入夜之後沒於無聲

唯有螢火蟲把冷月領進了死之黑暗
於是，躲避滿城持續的喧囂
他重溫母親早年向他授受的傳奇
恍惚兩栖於陰陽世界。夢中之戀
天亮後幻化成光陰的廢墟

　　　　　　　而現在
從那冊《聊齋志異》裏，他找回
依稀於母親所有前世的照片一幀
背面一行字，只為他兒子倏現即逝
──姓名：歸青田，祖母……情人

# 退思園之鏡

現在全都進來了他們擁擠空的戲劇。

迴廊蜿蜒又被蜿轉；路徑交叉，分岔香樟直到枝椏。

直到梢頭，卵形葉片錯綜葉脈。

透過漏窗，遊客張望漏窗那邊他們張望的水中倒影。

任蘭生用一生換一座園林，為了把一面鏡置於其中。

他知道他必須攢斂何止十萬兩銀子，才配在園中吟
　　清風明月不須一錢買。

他知道意欲深隱鏡中，就得朝離鏡更遠的方向去
　　退思。

現在，從每個方向他們都逼近，幾隻電喇叭，導遊
　　同一種聲音鏡像。

每個方向的每位遊客是相同的他們。

任蘭生未必張季鷹之輩，油燜茭白跟鱸魚蓴菜倒是
　　能做伴。

於是，他兒子置鏡於菇雨生涼軒映照那退思？

遊客遠征軍現在卻佔領了鏡前竹榻，他們的戰利品
　　是一樣背景的一幀幀照片。

鏡子映現同一張鏡子臉；鏡子臉皺起面對春水。

睡姿幻想的幻像則迥異。

任蘭生用一生換一座園林，卻沒有來得及匆匆穿越
　　這座園林。

他甚至不曾在鏡前竹榻上佔有過一個夏日午後。

他更不曾在鏡前竹榻上佔有一個夏日午後去夢見同
　　一座園林是另一座園林。

在同一座園林或另一座園林，現在，遊客於鏡中串
　演幽媾戲。

他們拍留念照，攬導遊細腰，或者讓導遊幫著摁快
　門，左摟左抱他們的風月。

鏡頭之鏡收攝了念頭的一閃而過嗎？

當那面鏡子由兒子架起，他父親的一生就成了鏡像。

任蘭生用一生換一座園林，那園林之鏡，說出他向
　度相反的歷程。

他遠在天邊外思退的進路，被一匹奔馬掀翻、阻斷
　於天邊外。

而現在他們也全都退出了，空的戲劇再度被抽空。

他們把門票隨手一扔，不須一錢如何買得清風明
　月歸？

影像志

暗場。女領票員擰亮了手電
賓努親王頻頻顫抖，顫抖著鼓掌
新聞簡報：毛主席高齡橫渡了長江

人造衛星掠過電影院上空的白天
觀眾們各就各自的黑晝。江青同志
陪同尼克森，觀摩芭蕾舞劇的革命

有人更去摸索，探向鄰座裙底
女領票員又一閃手電。林間
空地上，吳清華躍起世界翻了身

*

他把自行車騎作摩托，又把摩托
開成一艘湄公河上的美軍快艇
蛤蟆鏡映出剛剛繳獲的鋼盔和迷彩

他曾在假想的岸上跑片，兩邊街景
改變了向度。他曾暴走於背向觀眾的
螢幕反面，愈益從終場的豁然大亮

回溯暗和黑，反潮流亂髮混雜著藻飾
──只要他稍停，就順勢被沖走
電影院就響起另一部片子的另一支樂曲

*

那時候跑片未到，兩個人中途
退場。兩個人眯縫眼迴避強光
散漫於整個世界的迷惘

兩個人想去煙紙小店，不想
拐進了工農兵公園。小樹林篩選
正午的喧響，枝條編織秘密的海

波濤嫩綠翻卷星圖，天琴渺遠
奏弄屄屌。完事後兩個人又能聽見
水泥電杆上喇叭廣播莊嚴的沉痛

*

盤旋的膠片要不是噩夢，其中所攝
就不是廢墟蛻開又一層蛇皮
哀悼周裹，一面黑白影像的

半旗，未朝迸裂的大地鞠躬
但卻下降了水晶棺裏的冰點刻度
直到仿佛，偉人的身體和主義被保鮮

直到黃昏，觀眾散場的意緒和步伐
還沒有因為剛剛變空的螢幕而全醒
即刻就混進巨蟒迷彩的遊行去狂歡

*

另有人躲到自我裏狂歡。另有人
看毛片，背叛毛思想，勃然雄起了
德育導師……另有人撤離自由化廣場

將無政府本能，放浪於器官的
一夜夜集權。而當記憶也告撤離
另有人從頭越唱起謀幸福？另有人趕緊

私通未來？他和她再相會
在工農兵公園的婚姻大賣場
款睇款情，各自奏弄自家的兒女


*


現在，撼及餘生的餘震又搖晃
大半座電影院屹立的頹廢。壓低的天空
依然掠過人造衛星，定位著廣播

淚眼鏡頭篩選的感動⋯⋯半旗
現在被揚到了最高位置，去翻卷
大地翻覆的翻身形象。跑片人依然

纏繞在無數舊膠片深處，從秘密
片庫裏，他奄奄一息的最後呼救
現在，總算撼及，源自歷史紀錄的震顫


*

一千公里外，又一千零一日。兩個人
赤裸，褪身於新買的家庭影院
兩個人回頭看，液晶寬屏的高清鏡子裏

照樣有兩個人，喘籲未來的此時此地
照樣有兩個人相互暗場，照樣各就
彼此的黑畫，發動身體如欲望摩托

像湄公河上的旅遊快艇。或許兩個人
恰在河上，任流水銀幕打濕了屍屄
自我的毛片裏……兩個人照樣款睞款情

# 桃花詩

今天也已經變作往昔

　　　——小林一茶

總有一枝不凋
憶想起，冷雨一鞭鞭
狂抽過後的極杈之空

儘管空也能幻化桃花
腦穹窿下頑固的不凋
卻是被痙攣的思維

催生出疼痛
骨朵欲望的不止豔紅
不止開放般蔓延的血

這搖曳的不凋臆造
武陵人，緣溪忘路
曾經訪得完美的往昔

他的奇遇，有賴一瓣瓣
夢見了他的桃花之念
在你頭骨裏無眠著不凋

一枝所思又奈何武陵人
只一天盡享無限桃花
並不能死於淪喪時間的

好的絕境。武陵人於是
墜入此夜，重新忘路
斜穿大半座都市的憂愁

他站到一樹經不住冷雨
反覆虐戀的烏有底下
承應你顱內

　　　　　他的桃花
正因疼痛而一枝不凋
正因疼痛，你臆造他

為你去幻化

僅屬於你的無限桃花

## 為題作石榴的本子而寫並題寫石榴

被象徵的意願先於象徵


然而，990年和1000年之間

她在宮裏的某一天，伊周送來過

好大一個紙本


　　　　　「可否用來寫點什麼？」

「要我就當枕頭來用。」


睡夢跟失眠裏，就都翻覆莫名的白浪

直到每一葉，全溢滿

只剩下初秋


　　　　　＊


那種天氣，再不用多愁

禿頭皮裝璜弧面的果子可以為證

一千年後的另一個伊周送來過一隻

已經裂了口，能看到
翻覆於內部更莫名的鱗浪
流動著溝回

　　　　「可否用來思想點什麼？」
「要我就當玉宇來用。」

被象徵的烏有先於象徵

**朵朵**　　　　　　　不少於兩朵


而滔滔不絕


隨大地慢轉的茶盤上空羅盤正探測
昨夜星辰昨夜風
可以有多少此刻的向度


珍惜換用更袖珍的苔杯，好讓人更遲疑
更不情願，量去時光裏靜止的流水


朝峽谷深處驅趕白花花羊群的放牧者
穿越子午線
　　　　　一疊疊雪浪卷起雲頭的無數綻蕾
　　　　　從出海口轟隆隆排到了天際


那麼，一個詞被發明
詞的詞性指向其所是


　　　　　不少於兩朵

布魯斯啼血

江岸上欲墜的通天塔高窗間，一段搭向
孤帆遠影碧空盡
之腕，此刻可以有多少挽回呢

佩在腕上的錶面
　　　　　　左側，半輪夕陽飄移過來
右邊，酒精消毒棉擦拭天弧藍悠悠的透明度

對位的必要性，是否還想讓幽蘭也發紅萼
在淒清的地球表面，無辜的產科醫院表面
滄桑的茶盤又轉到同一個鐘點的表面

那麼，一個詞被發明
詞的詞性指向其所是

　　　　不少於兩朵

# II

〔五首長詩〕

# 月全食

此行誰使然？

　　　──陶潛


旋轉是無可奈何的逝去，帶來歷程、

紀念，不讓你重複的一次性懊悔。

真理因回潮

　　　　變得渾濁了。

向西的櫻桃木長餐桌上，那老年讀者

攤放又一本剪報年鑒──它用來

備忘，仿佛《逸周書》，

像衛星城水庫壩上的簡易閘。

每一個黃昏，當郵差的自行車

經過閘口，花邊消息就抬高水位。

──「人怎麼才能夠

兩次涉足同一條河流？」


　　　　　　＊


宇航員馳往未來晦暗。他回顧的那顆

蔚藍色行星，被晝夜、國度和

經緯線劃分──迷信和反迷信，

有如奇異的物質／反物質，是世界觀對稱的

兩個方向。「法輪大法亂了人心，

所以要怒斥和將它禁止！」

「地球可絕不是宇宙的垃圾站！」地球

也不會是

　　　　　宇航員見過的

　　　　　　　　　厭倦的神。

地球只不過

　　　　旋轉向未來。


　　　　　　　*


你不是康拉德，你並沒有打算寫

巡航於星系和更多星系的海洋小說。

或許你會是尤利西斯，被瞎眼的荷馬

詠歎，被內心死去了抒情詩人的

半盲流亡者回味和哀悼，像月亮，

被一個沒必要的夜之韻腳躲避或

否決，只好在浴缸裏，反映最隱秘的

鄉愁色情。當然，詩歌，

拒絕所謂的消息語言，卻未必拒絕

郵差正帶往簡易水閘的晦暗消息。
老年讀者是另一個宇航員，
在晚報預期的不可知未來返回死亡。

　　　　　　　＊

因此他也是尤利西斯，為享用
日常化塞壬的報導極樂禁閉了自我。
在僻遠小區的黃昏裏他推測，
又一個特殊的時刻將來臨。
《逸周書》特殊的天文學一葉，又要貼上
剪報年鑒，被圈以
　　　　　　　紅藍鉛筆的雙重
花邊……「這麼說水庫又漲潮了？」
這麼說消息
　　　　　　正在由自行車遞送過來？
你聽見大扳鈴噹啷一響，你料想郵差
從蛛網窮巷奮力蹬上衛星城高地。

　　　　　　　＊

但郵差卻有他自己的方式……

他躲避烈日的黑皮膚樹蔭是他的睡眠。午睡多麼漫長，超過了蝴蝶的翩然一生。大汗淋漓間陽具在勃舉。郵差醒來。起身。沖涼。騎車出門去。他並不打算按規程接近晚夏燠蒸發燙的地址。兩個夢是兩扇被光擊穿的巴羅克薄翼，從回想的天窗口淡入黃昏。

太陽偏斜得超過了限度，令新城峽谷愈見深窄。建築投射給心之鏡面的現在只能是完全的陰影。郵差略微移開重心，拐進更加細小的橫街。他緊捏自行車剎把的一瞬，感到有群星自血液湧現。玻璃殘留耀眼的反光。玻璃復述另一些幻景。字句從他的鈴聲裏掉出。那郵差不知道，一段私情將會在第幾封來信中了結。他經過開始上門板的綢布店，散發胖女人辛酸的水果鋪，來到了領口低淺的愛神髮廊。他緊捏自行車剎把的一瞬，感到有群星自血液湧現。

＊

在遞送中，字跡的確會慢慢淡漠。泛白的明信片，或許將返回本來面目，實際上卻已經轉暗、變虛無。

幾乎算漲潮了，那滿溢的詞語
接近表達時舌頭被拔除，像夜之
浴缸，橡皮塞月亮被老年拔除。
——漩渦在落水口上方搖曳。他的一條腿，
跨離了肥皂泡沫的廢話。而所有漏掉的髒水
廢話，開始在讀者的消費裏生效。「啊晚報……
晚報是一種生活方式！」他揩乾另一條
多毛的腿，邁出鋪張的搪瓷堤壩。他能否
邁出——月全食之夜的大面積反光？

*

「好像又一個煉獄故事……」當詩還僅僅
是一個題目，當詩人不小心把題目洩露給
特約通訊員，女崇拜者的嫩豆腐嗓子，
在留言電話裏拌上了青蔥。你大概
想起她，公司裏染髮的電腦打字員，
時不時閑覽，或者自雲端
俯瞰對街的深淵舊里弄。而在她
揣一本《轉法輪》的ELLE提包裏，
三隻避孕套圍繞口紅像一組衛星，

緊挨著預告天象的剪報。她是在趕往
觀察廣場的途中撥弄手機的嗎？
「……梳粧檯鏡是我的月亮。」


\*


有時候報導是一種召喚。愛月亮的市民
也愛著科學。他們聚攏在觀察廣場，
他們要仰望《逸周書》也許暗示的
紅銅色。他們見識了被喚作
本影的來自無意識大地的黑暗，
喚醒的卻不是柏拉圖出名的
洞穴之喻。「這並不妨礙對那個
永恆理念的認定；──這同樣不妨礙
一個人對其月相的背棄。」

宇航員想繞到
命運的反面：他經歷得更短，但是更
猛烈。他總是有雙份的紀念和懊悔。


\*

「……嫦娥是我的鏡中幻像……」
月全食則是她開啟腿間簡易水閘
最近的刺激。啊最近的奇癢，
令一個詩人必須為無眠寫下失去照耀的
篇章，令一個郵差必須下坡、衝鋒又
重返，令老年讀者的腦毯上繡滿了
報導之塞壬的大裸體仙姿，令打字員逃離
橫穿觀察廣場的翹首，奔向某一電話線端點。
「這其實是反光的一個背影，是這個
背影的反光之夜……」在愛神髮廊
嫦娥關閉腿間的造幣廠，正當
月亮，把一個黃昏還給衛星城。

                    *


那麼這已經是下一個黃昏。她在你懷抱裏
庸俗又可貴，就像上夜持續卻不能反覆的
月全食。你手指的天文望遠鏡撫慰，
是否可以從皮膚的細膩和黝黑之中
打量出一個敏感的人那也許喚作靈魂、

卻因為肉體的觸及方式震顫和呻吟的
紅銅色部位——而你的航天號舌尖
舐卷，你嘗到的滋味，是否就是
老年讀者在漲潮的晚報裏被塞壬最高音
誘惑的滋味？電源幾乎是同一粒陰核。
她打開你寫作的升降裝置，或者她關掉
郵差發燙的震盪器之月，為一種隱晦長明的燈。

\*

通向按摩室的秘密途徑靠燭火照明。在拱頂上，向
下探出裸體的仙女只提供半隻石膏乳房。翅膀。葡
萄藤。肥皂的紫羅蘭香氣撲鼻，好像雲彩中真會躲
藏著懷孕的母龍。裏面，屏風後，一盞麻將燈突然
掉落，透進西窗的晦暗之光又像撲克攤放在孔雀藍
印花床單上。仍然黃昏。有人打哈欠。現在已經能
看見月亮了。美容師嫦娥會帶誰進來？——被送達
的可能是一封紅信。在途中它正褪成玫瑰信。當然
也可能它是粉色的，包藏著寫信人夏日淩晨的頑強
情欲。那麼它將朝白色挺進，抵達牛奶、精液和白
日夢。而收信人手上總也甩不開另一種白色，洗髮

香波那誇大的泡沫。但願那不會是一封黑信，所以得趕在入夜前送出⋯⋯郵差醒來。這已是第二次。從領口低淺的嫦娥懷抱裏，他休克的頭顱枕放的地方，一個句子在記憶閃回的畫面裏成形──他緊捏自行車剎把的一瞬，感到有群星自血液湧現。

\*

那麼這只不過又一個黃昏。

那麼這黃昏可作為附錄。

月亮是唯一畢顯的星辰，其餘的仍只是夕光之海的水下汽泡，要浮向一寸寸收縮的夜。收縮中一個人瘋長的脂肪，漫過了浴缸的警戒水位線。

「我的日子，不就是一塊廢棄舊海棉爛濕的日子嘛。」

整個夏天，她都得浸泡在店堂暗處刺鼻的藥液裏。他丈夫從一堆瓜果間探頭，將看見郵差墨綠地眩暈，投遞出一封也許來自命運的掛號信。

「而肥胖症。甜膩的肥胖症。我幾乎能聽到我體內雲絮化雨的聲音。像熟透的挑子，我經歷肉的所有月全食⋯⋯」

郵差則經歷內心的鏽蝕，如一副英雄世紀騎士甲冑
的氧化史詩，制服上板結消逝的鹽。眩暈。他多少
回倒向了美容師嫦娥。他緊捏自行車剎把的一瞬，
感到有群星自血液湧現。

*

詩黃昏之後，並不緊跟著
月全食之夜。「但夜晚的戲劇會
更加具體、清晰，有更多的側面和更
空心的主題。」此時打字員
全身心在她的鍵盤上複述，仿佛仍然，
詞語的投影抹煞肉體和意志的光澤。
「但願我甚至在你的附錄裏……」
而你是旋轉中又已經逝去的一段流光，
或衛星城水庫裏倒映的滿月；你只留篇幅給
遞送的綠衣人、櫻桃木桌前想要把
《逸周書》接續的讀報人。附錄中嫦娥
又飛臨閘口，嫦娥很可能是你的塞壬。

*

於是，在梳粧檯鏡虛幻的深處，

一盞長明燈熄滅的可能性，也許被

探測器觸及和捕獲；一張臉

易容，她欲望和詩情的歇斯底里，

也許是宇航員孤寂之必然，

是月全食之夜真理的渾濁性，

是你，或老年讀者，從象徵的《逸周書》

找到的又一個也許的象徵。

詩句會湧現於衛星城上空嗎？

當眾天體湧現於郵差流速加劇的

血液，當有人寫下的

僅僅是不存在。

\*

當你已不在乎詩句是否成其為

詩句；當所有的角色歸一，

你是包括你在內的你；倚靠壩上

一株垂楊柳斜聳的肩，

或憑欄歡唱，你無意識到

眾星遷移故世界

存活著，

故旋轉是無可奈何的神聖。

你聽見大扳鈴噹啷一響，你的心

剎住車，──消息的送達是

小小的死亡，是一次死亡！

月全食備忘在剪報年鑒裏。

喜劇

## 1　龍華

陵園深處的焚屍爐。純粹刀鋒
……激情被剝離，一枚指環如
白金蜘蛛，垂掛下來
靠吐出的細線，將自己浸入
火之血池，去招引幾乎要
尖叫的魂魄，那扯起了
聲帶風帆的呼救！──九月的

龍華，樹冠在霧塵上屬於秋天
哭喪的隊列仍打著赤膊
從英烈紀念碑水泥的陰影
直到領取骨灰的黃昏。喧嘩裏
太陽偏向了衛星城閔行，以及
鋥亮的新電子區。而飛行的判官
已釣出他選中的女高音亡靈

黑暗以黑暗的引擎衝刺，在眾多
滅絕裏剎不住車。殯儀館對面
廢棄的小公園：一顆星照耀

空穴之幽深，揭露墮落的

死後命運！──當他拎起她

歪斜地掠過，企圖超越悲慘的

永劫：他們聽到，沸騰岩漿裏


悶雷滾動……搖撼那伸出冥界的

石頭井臺。女高音亡靈身形

脫落，被一片泛濫的綠焰沒收

「然而為什麼，陳舊的肺葉

依然存在──在人的空氣裏

抽搐……呼吸？」那肺葉

或許是轉世之翼，要追上曾經


往去的光陰。「這痙攣的起飛

是否會抵達下一次生命？如果

我們，真的去找尋一個出口，

……歷煉中另一扇火之

門扉……？」判官卻拉緊她

在剛收攏傷勢的龍漕路口
──當華燈鋪展像金錢豹翻身

夜色將溢出更多金錢。錦江遊樂場
代替了涉險。在他們迂回的
天路之下──一大片亮光偏執
幅射那麼多中毒的心悸！早已經
退化，哦入夜的勇毅！而一種
莫須有，卻可以通過交錯的
鐵架和轉盤來驗證；──捲揚機

更把人推上又一個僵直的浪尖
──令落潮演變為最高的心願
「那就讓我們繞開這些吧，
翻越人群間潰散的
併發症……」一個球星
更衣時卻瞥見──有身體和
靈魂，路過體育館不夜的天窗

一輛空電車呼嘯著駛過，去迎接
入秋後第一陣好風；一對夫婦
合寫新詩篇──去說出那好風
帶來新死亡。女高音亡靈
她又以怎樣的方式追隨？從
放射性療法的腫瘤醫院，飛向
龍華寺那一記鐘響，還有舊監獄

聞名的桃花……還有承包齋堂的
和尚，在廚房洗他的髒旅遊鞋
壁上偈語退色的毫光，依舊
暗含著真理之劍──「路徑一定
遠為繁複，所有的過程
都不能省略……」
──於是，繼續，用速度去剖開

囚籠中破空繁榮的大樹，耳鼓被
重金屬擊出了血。「看那邊光芒
豹子般尖銳，利齒

不卷刃，嚼爛了此夜⋯⋯」
盤繞又翻轉，他們飛抵
還沒有竣工的地鐵小廣場，下降前
先迎來機器漩渦裏升起的吊塔

「——我們將逆著塔尖的指向，
——要通過所謂本質的罪惡。
——一種形象會再被賦予，
——一副嗓子會稍顯得激昂。
——那懊悔的靈魂，要忍受
——本城不潔的火焰之煎熬。
⋯⋯熔煉會不會帶來新光澤？」

## 2　歌劇院

七十七級高臺階湧起。七扇
高門有火焰的金飾。這夜晚的
火焰燒透了鏡子，亮光聚集
在樂池上方……序曲
開場：金屬指揮棍掠過
玫瑰天幕之浪漫，如一粒彗星
斜射進豐收和旋的起伏

國家慶典終於失去了一副嗓子
「她太藝術、太壯碩、又太
愛吃醋。她本質陰冷的器官，
凍結我的活力和創造性。」
舞臺上，輕盈的少女們表情
庸俗，以瘦削的體態，妄圖
換回那無以引吭的尖銳女高音

「……靠環環相扣的七條巧計，
我讓她完成——從生到死
致命的化學……」突然

休止了，接著是更為廣大的
寂靜。黑暗樓座間傳出幾聲
克制的咳嗽。指揮席上，謝頂的
新鰥夫忘了翻總譜：也許，他

聽見，不自覺的疑慮冒出胃囊
像夢之湖底升起的汽泡
要通過食管到他的咽喉，
振動沒多少彈性的簧片：此刻
她多餘的灰，是否已經被
秋風吹散？「我真的
擺脫了──她過於專業的

沒命糾纏？」──他的手
揮動，啟示雷霆。但一片
打擊樂，壓不倒一個
他意志以外固執的聲音
恍惚的曲調，恍惚的追光

被劇情規定為冤死的鬼魂
從鏡之火焰中現形於臺前

然而在多餘的幕間休息裏
吸煙者熏壞了傾聽和鑒賞力
就像他安排在後臺的幽會
曾經被亡靈女高音撞破
「那倒楣的下午！那下午
夠倒楣！」指揮家退下
一顆心狂跳……大汗淋漓間

催促的鈴聲又過早響起
而時間卻總是滯留於音樂
音樂的時間比幻想的時間
更幽深，更緩慢，更像一場
反覆的夢，從動機直到灌進
唱片，被無限循環，播放和
想像。音樂的時間是一種

無時間，美和憂傷，寧靜和
遐思，內心的往事卻不停地
疾馳，甚至要超出時間現在
在音樂裏，在指揮棍劃出
猶豫的弧線上，往事複合
疑慮，怎麼也撕扯不開
──這的確像一口嗆人的煙

令肺葉癲狂、滲血、以至於
破碎！被熏壞的，是短缺
氧氣的鬆脆腦筋。「反面
調琴者，毀了樂器的每一根
神經！」……謀殺，到來
謀殺安排在一束藍光裏
──樂隊滑向了死亡的無調性

最沒有把握的一場戲展開
蝙蝠們穿越被壓低的管樂
從黃昏飛進沉悶和恐怖。鬼魂

重臨，靠機關佈景和
幾種視錯覺，──鬼魂重臨
蹦躂舞過金星綴滿的歌劇院
穹窿，停在提琴手如訴的弓上

「她竟能身輕如一葉蝴蝶！
她其實更像是肥胖的蛾子！
她終究觸犯了我的火焰！她
多餘的灰，是否已經被秋風
吹散？」迴旋裏一個手勢高揚
掀動一片虛構的欣喜，而一顆心
低顫──奏鳴沒能夠適時收尾

## 3　閘北

「浮上去吧！」——底下的黑暗
如此溫暖，竟讓人想起遙遠的
胎兒期。在母腹裏，在
欲望之火的變形記裏，肉身成形
要滑向白晝。而白晝是一柄
寒意之劍。她的產生跟黎明同步
自地鐵出站口，她裸露給太陽


……太陽斜刺，從右面進入她
透明的身體。一聲誤作尖叫的哭泣
已經把翅膀抽離肺葉，得以在她
喉舌間伸展，並且如偶然一現的
鷦鷯，影子被活力拋過了老閘橋
「——舊火焰添加新的乾柴：
我又將重演我一生的失敗。」


一條河流一天天更黑，一天天高出
赤楊和街景。喘息的工廠被吳淞江
餵養，像馬群頹廢蔓延瘟疫

「我是在機械的馬背上長成，翻滾
起落，開放成一束不錯的紫堇。」
她迷失於開工汽笛的晨霧
她的肩胛，花瓣觸撫棚戶的低簷


鷦鷯偶然一現，飛掠上午的集市
這鳥兒又繞過生鐵皮煙囪
渡河去闖蕩公共租界
「它哪裡得知，——它的來生
也許會變成一隻鸚鵡！」
而她前世卻是個釘棚，她的相好
是水老鼠包打聽是看更和碼頭鬼


小學校高杆上旗幟變幻，北站的
蒸汽車運送來軍隊……這
中國地界的古典時代，正午之光
會突然轉暗——正午的喧嘩和
本質的憂鬱，催化少年，過門

到青春期：發育登樣的乳房後面
一樣大的肺活量改變其命相

「……下午我願意窮盡陌巷，
以理想超越蛛網糾結黑暗的
路徑。」──這下午漫長
幾種幻象在晚秋裏交替
或者是一朵金火焰驟現
或者是獅子，被鑲上了花邊
在貧乏的天空中雲彩般疾奔

新聞橋放行木頭糞船，鐵劃子
出堂差黑河上爭道，出巡的城隍
被堵於叉路──正當她
從一陣濁風裏掙脫，走向黯淡的
長老會堂
　　　　她又聽到了疏緩的
洪鐘，埋沒一陣陣單薄的鴿哨

——信仰要洗去階級的鉻印
彩繪玻璃窗濾淨了亮光
在唱詩班，「在托舉我飛升的
風琴仙樂間……
——黃昏有如複遝的曲調。
——黃昏的旋律轉化成嗓音，
要把苦難……用讚美去歌詠。」

黃昏她沿著髒河岸返回，仰頭
看見了初月一輪，初月揮霍
為萬頃漏雨的蘆席棚鍍銀
使激情的電流，倏忽擊碎了
怎樣一顆心？「一個小白臉
或許在彼岸，從米行上好的
門板縫隙間，張看他一再

張看的夜女郎。」……事物卻
證實了風之謠傳，「而我只關注
胸中的火焰。暗下來的空中

探照燈佈防，水電公司架起了
小鋼炮，而我只關注胸中的
火焰，火焰中我看見
我幻想的回憶灰燼般紛揚。」

白晝的鷦鷯重回巢穴：「睡夢將
安排新變形記。」──夢疊合夢
「夢斷時一個女高音出世！」
她指望下一個白晝的明朗
她要求太陽更深地刺入
⋯⋯她把洗腳水潑向閘北，她
裸身躺下，感到碎月亮潑向了她

## 4　動物園

　　「天上兩扇明鏡；

　　人間七種火焰；

　　閻王一本帳冊；

　　時間流水落花。

而動物園：動物園依照經籍

佈局，仿佛當初世界有序。

──世界有序，便於造化者


管理和教訓……我被安排在

金鳥籠裏，我的綠翅膀

收拾得更綠，更符合一隻

觀賞禽類的榮譽和身份。

我已經日漸肥沃慵懶，

就像我那個死去的女主人，

──她也有一副綠鸚鵡嗓子。


──她也有跟我一樣的熱病，

從盛夏持續到瘋狂的秋天。

鋼窗向著大氣流打開，風刮倒
下午的法國梧桐。我挑剔出
鋼琴中犀牛骨架的快刀眼力，
又看透一輪不變的輪迴。
……靠環環相扣的七條巧計，

從生到死的致命化學圓滿地
完成。指揮家的失算……
女高音的苦水……他的磨難和
她的怒斥。疼痛。配方。杯子。
嘴唇……而仿佛一面再現的
鏡子，我學通人語的柔軟舌頭，
是全部見證裏最硬的火焰。

風刮倒下午的法國梧桐，
一場雨來得正是時候。
一場雨潤滑死的舊齒輪，
一場雨也清洗真相之火的

陰影和灰燼。當一個意志
乘肺葉飄離，一場雨令世界
重新開始。——現在我在這

開始之中，我是這動物園
嶄新的居民。鷹踞崇高的
鐵公館長鳴；天鵝的頸項
彎曲了湖面。哺乳類離開我
較遠一些，但我能想像，
紅色猞猁夜半的活力；老虎的
壯麗和斑馬的猶豫。孔雀

迎陽光招展；金錢豹噩夢裏
翻身；我曾在露臺上俯瞰的
節慶夜——變幻、收縮、附體於
分科目度日的禽獸：猴子們
禮貌太多；大蜥蜴舊肌理太多；
火雞的褶皺和穿山甲鱗片，
相對我習得的修辭都太多……

相對我習得的陳述和感歎，
那判官還魂亡靈的努力也
一樣太過份。當一個意志又
乘肺葉迫降，啊我的翅膀！
我的發聲學！──我也許
一樣碧綠的鸚鵡之血又如何
接納？又如何承受，我那位

女主人進入她昔日玩物的
恐懼、驚喜和巨大的幸福？
啊激昂的花腔，在動物園，
兩種身份被合為一體。
兩種目光自同一瞳仁，射向
似曾相識的鷦鷯，還有
風景、季節、罪衍和秩序；

還有，熄滅於開始的記憶之
火、遺忘之火、確證之火和
否定之火，以及一朵悔悟之火。

那邊宮廷裏，大象正緩慢地
起身、踱步，不經意地回味
夢的消息⋯⋯因此，在動物園，
在聚集、過渡、顯形和隱身的

金鳥籠裏，我也曾經是另一個
我，聲音也同時是另外的
聲音。因此⋯⋯在當初：
　　天上有兩扇明鏡；
　　　閻王靠一本帳冊；
　　　　人間燃七種火焰；
　　　　　時光如流水落花。」

## 5　外白渡橋

曖昧的建築，憑空被造就
一座橋征服了斷裂的夢
在兩股濁流交彙的三角洲
在反向的漩渦般升起的城市
一座橋抖開鋼鐵的舊翅膀
要完成可疑和妄想的飛翔
它僵硬的姿勢靠船頭來

抬高，它複雜的關節
支持著形象。而太陽卻如同
滾燙的別針，把陰影文刺進
河流的皮膚。骯髒的
河流！裏面是否有幻想的
魚類？生殖之力被集中起來
鱗甲映射出時間的青光

霓虹用七彩維持著弧度
一對舊翅膀奮力在拍打
生鏽的鋼翼得病的肺葉

肺葉裏貯存過怎樣的烈火
如同袒露在風中的篇章
鐵橋又會有怎樣的疑問句
去貫串每一對死亡雙行體

況且從雲絮的俱樂部方向
從證券交易所打開的視窗
通過鐵橋那彎曲的假詩意
那怪異的拱形和傾斜的透視
城市擴展它錯誤的勝景
漂浮的權力，循環的噴泉
熱烈的少女和冷漠的

市政廳，以及摺扇般
打開的樂園：這填實的漲灘
滄桑顛覆，跟閱歷等高的
執拗的紀念碑如一截
脖梗（又一截脖梗，新的

倒高潮）──那空洞的頭顱

甚至沒有自虛無裏長出


鐵橋朝向寬一點的江面

江面給城市異質的繁忙

一艘紅色巨輪在移動

在緩慢地膨脹，仿佛擴音器

壓倒眾樂隊渙散的嘈雜

──把一個時代

放大到不能再放大的音量


殖民的次高音蔓延和稀釋

海關把尖頂還給了偽古典

愛奧尼石柱間自行車滑出

──！自行車疾掠

逆於紅色巨輪的方向

去攀爬提前到達的暝色

提前到達的世紀之暝色

是鐵橋加強這突然的暝色
是鐵橋的飛翔逼排和提升
當逆行的自行車此岸到
空中，當自行車陷陣於
放大的死寂，黑暗擠壓進
打開的身體，黑暗塑造了
騎車人一顆孤懸的心

鐵橋的舊翅膀奮力拍打
它要把飛翔延伸進夜
生鏽的鋼翼
　　　　　　得病的肺葉
——是怎樣的火焰以
華燈的方式大面積降臨
比黑暗的統治還要徹底

比黑暗的統治還要徹底
燈光廣泛地整形和易容
一種弧度得到了確證

一枚亡靈被重新鍛煉
──在甚於白晝的刺痛的
視域，倒影是死的嘴臉
拋出的終得以收回

鐵橋的舊翅膀奮力拍打
飛翔沉重地落到了彼岸
這探身出空間的城市觸手
以鳥兒的失敗連綴了世紀
去貫串每一條再生之路
但龐雜的架構令它多曖昧
妄想的力量，更托舉起它

## 6　圖書館

「光影間我看見高漲的海，
光影間我看見
海上蔓坡的紫雲英花焰！
──那容顏被花焰掩蓋去
一半！」──另外那一半
移向了圖書館漸暗的窗臺
……外面草坪上雲影正推移

雲影把鐘樓的瘦肩膀加寬
指揮家依舊沉溺於錯視
他朝著落日攤開舊畫報
展示一場海畔音樂會
馬頭低垂的豎琴，對稱的
宴席和肺葉，以及腰肢
腰肢和腰肢──「那容顏

被花焰掩蓋去一半！」
指針交錯剪斷目光，閱覽廳

泛起黯淡的銀灰。管理員
催促：「今晚停電了！」
閉館安排在月出之時。外面
草坪上，一派夕陽化為露滴
隱沒進秋天的縫隙和根莖

書本又收藏入庫，「這可是
最好的公墓！寂滅的火焰
煎熬亡靈，怎樣的判官會
第二次趕到？」一個身形
疾掠過來，劃破草皮，翻越
微光纖細的鐵柵。指揮家倦於
閱讀的眼睛，看不清昏黃間

猙獰的表情。「我知道終於會
跟他遭遇，要忍受鐵一樣
無情的刑訊……」晦暗之中
指揮家看不清判官手上卷宗的

顏色。「那卷宗裏翻卷著
閻王的舌頭！吐露又一份
死亡黑名單。」「然而其中

也翻卷赦免的意志和大規劃：
當一枚指環如白金蜘蛛，
以細線又釣出紙頁間斜體的
復活者姓名，那它就仿佛
熔煉之光，有分寸的仁慈。」
判官打斷了鐘樓一聲聲到點的
連擊：「……在命運的定案上，

我的筆總會重新加圈點……」
大理石廊柱混淆於淺影；白石膏
雕飾退縮回手藝；彩繪玻璃窗
漸漸在淡出；大吊燈陰鬱，自
橢圓的頂端茫然垂掛，重量因
空寂而無限消隱……在它們
對面，巨大的鏡子顯現出字跡

繁複的迴廊，纏繞的樓道
深埋於塵土的一致的書籍
幽微、錯雜、艱澀、糜爛
完全的物質中精神的化石
圖書館黑暗的禁閉之中
到來的月色把一本舊畫報
檢閱了又一遍。「光影掩蓋了

一半容顏，是否也經歷一半
紙火焰？」——「以另一種
努力，那女高音亡靈又隱形於
新的熱病的肉體！而我的努力
最終指向你——我要證明的，
是躲不過的懲罰到來，到來！
——有如推論中必然的鏈索！」

市立圖書館大面積退潮……它
停電的蒼白，仿佛指揮家
咬緊的嘴唇：「……鐵的刑訊，

抽象的絞架，判官的正義，
以及……」閃電擊碎了骨頭和
窗！指揮家書籍般打開身體
　　──掉落出玫瑰枯槁的殘餘


「黑暗擠壓進打開的身體，
一顆靈魂的硬核被蒂結。」
　　──「一顆孤懸的心，難承擔
急瀉的血流之高速！──」
「他也要歸於冰冷的紙火焰，
歸於定稿的命書，名冊、附錄、
繚亂的索引，我臨時的編目……」

## 7　七重天

高度帶給他俯衝的激情
加速度改變時間和方向
七重天樓頭，旋轉的
電視臺。七重天上空
環形的廣場。身披毛毯的
亮星在追逐──風的車輪
碾過了不夜的眾城之城

女性在極頂那一層展開
炫耀一對對黃金乳房
「當我從『快樂大轉盤』
起跳……」──判官
起跳，「我看見了火焰：
滿城大火如大雪紛揚，
利刃切割開欲望的眼瞼。」

巨型演播廳舞蹈者沸騰
肥胖的電子琴倒向了疑懼
一場水晶球內部的暴亂

預言般準時，隨洗髮液廣告
溢出了億萬面癲癇的熒屏
「釋放過祝福的黑鐵嘴唇，
要隨一顆頭顱滾下階梯！」

在第六層，啞嗓子氛圍被
故意壓低：翡翠屏風掩護
白頸項，粉紅的燈光勾勒
小蠻腰。「咖啡這興奮劑。
愛情和溫柔鄉。而我又
看見同一個亡靈，反覆
上演她致命的一幕戲……」

判官又落向了第五層燦爛的
狂歡婚宴，用高潮去掀翻
性急的床幃。「誰又會知曉，
──那席夢思女幹將
瘋狂迎合的謝頂新郎官，

是昨夜收伏的指揮家陰魂！」
大火卻更甚，命運隱現的

尖臉在溶化，銀行警報裏
螺旋體上升，蘑菇雲瀰漫了
七重天天際。半空的支票
滾燙的保險櫃，尖臉又嘔吐
肺葉的黑血，黑血幻化了
別樣的綠焰。──扭曲的
火，更刻毒的火，絕望

就將從中新生──絕望的
熱氣流，要減緩判官
太快的俯衝。「於是我
見識了藍色的第三層，
泳池波瀾裏鮮紅的裸者，
俯仰間受用短暫的幸福。」
當火焰籠罩著……白領們

困守，在二層寫字間，指望著
緊緊在握的手機。「但螢光綠
飄移，傳不來排險獲救的
佳音……」無限又終極
——這滂沱一片的幻化之火
生猛了判官朝下的勢頭：腦毯上
城市幻燈片翻打，又為他映出

最後的圖像：「商業已排滿，
在鋪張的底層！商業就像
久曠的柴薪，分享火焰那
廣大的淫樂。我看見燃燒中
那麼多人……那麼多人
幾乎是全體，他們在熔煉的
大火之夜，也仍舊攀爬

顯赫的七重天……」也仍舊
借重升溫的水銀柱，如欲望
爬山虎，逆施那命運執行者

陡峭的來路：電梯運送他們
到達七重天高處。「都市全景
已一覽無餘。──大火中
都市的肉身更騷動，都市的

遊魂……是多餘的灰！」
判官滑進秘密的陰井，返回
混凝土澆固的冥界。相反那
一極，透過七重天熔化的穹窿
中途展開的大夢要收場
──環形廣場上鑽石正聚集
星座被鑲嵌在抽象的陵園

# 傀儡們

## 老姑娘

致力於一行枯燥的詩
以代數為法則
將回憶和幻想安排進等式
這就像刻意的情郎／園藝師
在蔥翠緊閉的歐石楠對窗
令一位潔淨的老姑娘遐思

這就像突然到來的晚年
卻依舊妝點著少女童貞
在她的手邊一行詩更瘦
似乎能減輕
壓抑時光和風景和心情的
技藝重量，哦真理的重量

──它們其實是生活的重量
以命運的方式強加給寫作
當園藝師／情郎放棄了匠心
去蔭陰裏閑臥，盛夏活潑的

枝葉之間，多麼奇異地
覆蓋白日夢熱烈的大雪

　　　　　＊

熱烈的大雪下墜的練習曲
一件稀奇古怪的樂器
又怎樣演繹忍痛的詩情
「這就是生活！」她斷言
情郎／園藝師卻明白問題是
寫作啊寫作──

是寫作如閃電劃開過孤獨
黑暗又雷霆般普遍地關閉
限制、偏見、習俗帶來的
流行態度，以及相反的
理想野心，激發一個人乏味地
創造：乏味地憑窗呼吸樂園

她甚至第二次幽閉自己

在等待以後選擇了

拒絕。一道黃昏必然的夕光

從聖潔的高度斜落下來

這應該是另一場熱烈的大雪

不同於園藝師／情郎的正午


*


太多的猶豫荒蕪初衷

太多的厭倦、猜測

意料之外尖銳的沈默

把放棄又文刺進暗中的悔恨

內部的詩學圖書館頹廢

情郎／園藝師揉弄著雙眼


請看看植物：代表精神和

想像的節奏。──請看看

心上人：她退回到她的

三聯鏡前，從三個方向
對象化自我！而音樂則刻畫
傾聽者肉體隱秘的羞恥

而樂譜更到達抒寫的絕境
老姑娘的代數課這就是
現實。那句子在紙上
仿佛癱瘓的自動風琴
它如何匹配園藝師／情郎
膨脹腫大的歐石楠花冠？

# 旅行家

出門也無非重蹈舊海
沒有了靈魂涉險的高難度
日程在事先被精確計算
還有錢、牙刷、美能達
夠穿三回的內褲和避孕套
厚玻璃板下
往返船票夜裏放毫光

　　　　　　*


「我要拍一組黑白照片，
主題是路上的厭倦和假詩意。」
一艘巨輪緩慢滑出
像那種鋼鐵肥胖症訪客
在說好的一刻告別，下樓梯
汽笛喘息步入黎明海

　　　　　　*

鏡頭不會去對準太陽

卻必須對準

左舷看日出的新女性側影

當她被攝進暗盒子裏

你要得更多，你企圖獵獲

挑逗她真絲背心的乳房

「起碼要一次肉的歷險記。」

\*

旅遊業塑造閃耀的島嶼

展現一派樂園風景

太兇猛的陽光，收費的陽光

令渴意和銀夢如海翻騰

黃昏蠅群移向灘頭

中夜金牛星孤懸斜照

而家庭旅館有不潔的浴缸

有預算之外的雕花大床

＊

蔭蔭甬道直通地府。姿勢扭傷
中午的腰。蜜蜂。甜汗
寺鐘一響時間又拔節
「我將換上柯達彩捲。我將表現
被曬成粉紅的嬌媚肌膚，
小腹另一端捲曲的
毛。」床頂上四葉電扇正
飛旋──你和她都聽見
一個雷霆從更高處滾過

＊

「出門也無非重蹈舊海，
沒有了靈魂涉險的高難度。」
但終於有刺痛生命的意外
窮盡身體隱密的性
　（儘管快樂不會被窮盡）

「我要拍一組美人照片，
主題是欲望是缺陷是假詩意。」
船尾鷗鳥追逐的天篷下
你的手攬向又一杆新腰
你指點她去看漸暗的島

## 戀愛者

空氣更傾向於箭的方式！在星光照耀下
空氣要射穿盛夏的塔樓
「這就是風，銳利而有效」
——它尤其要射穿
塔樓裏滾燙潤滑的裸體

那裸體卻並不傾向於冷卻
——她更加熱烈，更堅定地把自己
帶入記憶危險的海域
「說不定是夢：是電影」
黃金鯊魚吞噬游泳場碧綠的情人

……但突然停了電。口哨在黑暗裏
如生鏽的水果刀刮擦玻璃
一隻手趁亂越過警戒線
「在和平皇后廳，在另一個盛夏。」
手之工蜂滑過小腹去採擷花和蜜

接著她和他摸黑退場
對街。沐恩堂。黃昏鐘長鳴
「給炎熱加括弧。」他們到一家冷飲店
消磨。她認為，她依舊枕靠在
大導演佈置的尖叫的海灘……

*

所以透過骯髒的花玻璃
我看見了帆影這不是幻象
在湍急於海流的車流之間
起伏的帆影彎弓般兜滿
上面是斜飛的碧綠的天空
那射向我的不僅是風
不僅是風中肩胛開闊的
水上運動員、明星美男子
愛情大贏家和夢中
千面人，以及它充血的陰莖箭頭
啊彎弓般兜滿的蒙太奇風景

滑爽的配音藍嗓子絲綢

奢華、刺激、浪漫、恐懼

由奇遇織成了甜蜜的生活

我愛上過……在兩架吊扇

直升飛機般帶我上升的

冷飲店裏，我愛上過為我點

雙份霜淇淋聖代的那個人

……現在又敲起了向晚的鐘

沐恩堂下，停滿趕來看夜場的

自行車。而我更看見

一輪明月自海中升起

沙灘上有人極目遠眺

有人從自備汽車裏探身

抽出抒情的夏威夷吉他

火。謠曲。間諜獵豔

我想我大概會奔過去裸泳

「那裸體卻並不傾向於冷卻」

鯊魚。血腥。收縮的心

當我被撕咬，被送進醫院

在陽光病室寧靜的上午
那人會送來一屋子玫瑰
而他臂肘間
枕放的正是我熱戀的腦袋
…………
小巧甜膩幸福的鮮奶油

## 傀儡們

．．．．．．．．．．．

到五月，南風把夏天遞還給我們，
城市上空一場雨斂跡。萬千窗玻璃，
它們朝向共同的黃昏，就像人民
同聲念出過唯一的姓名。

在輪椅裏坐定，孤已經聽到，
池裏的金魚躍起又折腰。寬大的草坪，
雨後的草坪，第二夫人裸體的草坪，
那偃仰的割草機鏽蝕了腹部，
為誰的壞心情構築起風景。

在輪椅裏坐定，孤已經聽到，
金魚們開口又說出些什麼。
太大的月亮從樹梢到屋脊，
照耀餐桌、肉體和憂傷。
無聲的護士們經過迴廊。

護士們替代了殷勤的侍臣，
手捧相同的器皿和藥物。
虛汗。衰敗。林花落盡了
春紅滿地。孤在輪椅裏，
孤聽到孤的邦國在默誦。

孤聽到一支軍隊在歡呼。
第二夫人你掩蓋起來吧。
孤聽到醫院寂靜的最深處，
一片哀樂隨金魚擴大。
第二夫人，你妝點起來吧！

你裸露的軀體也已經變暗。
武器正逼近和圍攏夜色。
綠的血。蒼白的骨頭。
這夏天第一次病中宴飲，
南風把死亡也遞送過來了。

＊

忠誠是本宮緊鎖的陰門

靠熱烈的嚮往從內部打開

進入多麼有勁給身體以史詩的

張力給本宮的背叛

貫穿無盡的羅曼斯節奏


哦抗拒抽搐的神經

維護過誰的一表尊嚴呢

過份冷漠中相遇的欲火燒壞

白腦子現在此刻那邊草坪上

開宴的鈴聲第三次混同於


淪陷之夜射向本宮的粘稠

興奮劑令本宮癱軟得起不了身

哦停屍房這竟會是本宮

第一夫人的歡會聖地

那大雞巴花匠似乎已走遠

但是然而啊本宮也曾經是

本宮也曾經是被音樂擦亮的水晶之樹

大吊燈下出色的公主屏風後細聽

求婚者比劍鋒刃的嘶鳴

本宮也曾經是黎明天邊最淡的


月影是一尾金魚

被專擅的皇帝偏執地珍愛

這夠離奇的當他移情向

帶給他殘疾的媚眼兒女司機

當他們此刻現在


一個深坐於迴廊輪椅間一個在

樹下從日光浴過渡到幽怨的

月光浴席捲而來的軍隊唱

楚歌而本宮的仇恨恐懼厭倦

靠草率的性交更加鬱結了


*

那麼，猶豫（它代替了
隨雙腿一同失去的果敢？）
孤看到花匠拐了過來，
——他是否窺探去一些憂鬱症？
我的腸胃裏滾動著一串

喪失的汽泡。高音喇叭——
那支軍隊的抹香鯨噴泉，
腹腔之海中酸水佈告政變的饑餓。
可他們為什麼還不來醫院？
這個五月。這個最後的宴飲之夜。

那麼，猶豫。是等待還是
由兩夫人推孤到他們面前？
去檢閱廣場？像一架舊鋼琴
自動奏出淪亡的一曲？
第一瓶香檳已經打開。

那花匠已經淡入黑暗。
第二夫人你收拾完了嗎？
坐過來，擁護孤，孤喜歡你
曾經是一部分汽車的身體。
護士繞開大金魚池，她早就該

把第一夫人也領到餐桌前！
——哦月亮——哦猶豫。
喪失並不是孤的命運，
喪失是時代的命運之輪，
它追上了孤和你們的此夜。

但它追不上胸中的悔恨！
悔恨令喪失無足輕重。
但仍舊有疼痛，在病中醫院的
花園深處。疼痛。傷心。饑餓。
請再搖一次開宴的鈴聲

*

悔恨在疼痛中會達到狂喜

就像汽車　疾沖下陡坡時

突然騰空　起飛　成為眾多星座的

一員　在這個夜晚　在皇帝的

臂彎裏　哦在　奴家又看到了


那形狀如　奔馳　的明淨的

天象　因此　最美好的　奴家想說

是機器　而人也正是它

固執的一種　是不夠合理

或太過靈活的肉的裝置


因此　皇帝啊　醫生們拖延

奴家卻修復　重新發動你

神經質的　意志的　馬達

你第二夫人的腰肢將進入

你的腰肢　你第二夫人的

大腿　將進入你坐姿中
空洞的褲管　當那支軍隊的
特別分隊　終於走通了醫院
迷宮　哦皇帝　你將站起來
在他們對面　你將開口說

總算到來了　總算到來了
　　　　　　　總算到來了
為什麼我們仍舊在等著
那另一架壞機器第一夫人呢
用怎樣的儀式　才迎得她出來

用怎樣的儀式　才能夠上緊
她的發條　唉　這世界熄了火
絕境中狂喜也不會是
熱能　皇帝　你抱緊奴家
如坍塌的路面毀掉一輛車

*

完美的肉體，如今損壞了，
這五月也向著武器彎曲。
一次反對正要凱旋，一個邦國
會翻開新篇章。而孤，
末日的皇帝——

孤在輪椅裏，在兩夫人的
淚眼裏。池畔七棵樟樹，
把廊外的夜色遮去了一半。
而孤，末日的皇帝，
當然無法滿足於宴飲。

病中的宴飲，一個邦國臨死的
宴飲。孤看到，又有信號彈
突然升起。白色的信號彈，
正是孤此刻白色的絕望。
絕望帶給孤多少安慰？

噢第一夫人你總算到場了，
衣衫不整，似乎更符合
我們的此夜。你是否也看到
那顆信號彈下落時隱去，
新的星座卻高懸得更耀眼。

完美的肉體，如今損壞了，
統制的雙腿被革命鋸斷。
護士們奔過去打開大鐵門……
悲劇彩排要結束於喜劇。
哦，到五月，到五月──

南風把死亡遞送給我們，
一支軍隊逸出了傀儡戲。
而孤和兩夫人總算開宴了。
而護士們奔過去打開大鐵門……
…………

**斷簡**

白晝顯形的星座是憂鬱
像一盞弧光燈空照寓言
像一顆占卜師刺穿的貓眼
它更加晦暗，隱秘地劇痛
縮微了命相的百科全書
當我為幸福委婉地措辭
給靈魂裹一件灰色披風
它壯麗的光環是我的疑慮
是我被寫作確診的失眠症
不期而來了巨大的懊悔
它甚至虛無，像我的激情
像激情留出的紙上空白

它因為猶豫不決而淡出
也許它從未現身於白晝
那麼我看見的只是我自己
是我在一本中國典籍、在
一面圓鏡、在一出神跡劇
陰鬱的啟示裏看見的自己
緩慢的漩渦！它光環的

壯麗是我的幻視，是我混淆
記憶的想像。不期而來了
意願的雪崩──它甚至是
悖謬，像我的精神
照耀我拒絕理喻的書寫

\*

航空公司的噴氣式飛機劃過晴天
那漫長的弧線是一條律令
它延伸到筆尖，到我的紙上
到我為世界保持安寧孤獨的
夜晚。我坐在我的半圓桌前
我頭上的星空因我而分裂
那狂喜的弧線貫穿一顆心
如一把匕首剜轉其間，它是
極樂，卻表現痛楚，表現全部
持誠的苦行和仰望之背棄
──我坐在我的半圓桌前
航空公司的噴氣式飛機掠過樂園

仿佛金錢豹內部的貓性破膛而出

我頭上的星空因我而分裂

一隻大張開翼翅的烏鴉

飛翔的骨骼被提前抽象了

我坐在我的半圓桌前

一個筆尖劃出一條新的弧線

我沉溺於我此刻的生涯

幻化的生涯，雙重面具的

兩難之境。我周邊的風暴

來自我匕首剜轉的心事

我坐在我的半圓桌前，頭上的

星空，因我而像一副對稱的肺葉

*

然後我倦怠，在那些下午

古董打字機吐出又一份應急

文件。透過辦公室緊閉的

鋼窗，時而透過形式開放的

夏季鋼窗，我仍然會看見

烏有的星座在黃昏天際

下面是城市帶鎖的河流
──那滯澀，那纏繞
那翻卷起夜色的連篇累牘
我知道打字機吐出了它們
而吐出打字機鏗鏘鍵盤的
是豁開於公務神額角的裂口

家神更甚於嚴厲的公務神
他吐出相關律令的碎片
他使我快活，當我恭順著
我會於絕望間看到我夢中
喪失的可能性，我會以為
他給了我足夠的世俗信仰
因而在一根虛構的手杖上
我刻下過，反面的野心和
征服的銘言，它能夠支撐
灰燼中我那些甦醒的欲望嗎
要是欲望即我的存在，真實的
手杖，就是我死後才來的晚年

*

一匹怪獸會帶來速度，會變成

往還於記憶和書寫的梭子

它織出我的顫慄和厭惡

我的罪感，對往昔的否決

黃鼬大小的身形疾掠如一把

掃帚，好讓女裁縫騎著它飛回

它不僅是時間，是刻骨的虛構

像童年噩夢裏精神的異物

——環城路口的聖像柱下

它還會給予我最初憬悟的性之

驚懼！女裁縫升起大蜥蜴面龐

自行車拐向成長磨圓的懦弱街角


那怪獸也會帶來翼翅，自行車飛回

小學校唯一的瀝青籃球場

朝向過去的把手一偏，它又飛回

初秋的旗杆、招展的香樟樹

紅瓦屋頂下空寂的教室

和我在女廁所獨享的挫折

鋼圈急旋又急旋著錶盤

追逐的指針剪開了隱秘
當那根聖像柱針標靜止於現在
往昔被歪曲、歪曲地重現
──我體內黃鼬大小的異物
仿佛星座的精神暗影會帶來黴運

*

教育並不是一對剎把，能隨時
捏緊，控制一個人發瘋的速度
教育虛設，像自行車怪獸
鏽死的鈴，像女裁縫多餘的
第三只乳房。壓低的疑雲下
少年時光籠於服從，被紀律
假想的界劃鑲金邊，圈入蒼白
森嚴、點綴貧乏的神聖無名
直到自行車穿透廣場，去撞翻
花壇、教堂玻璃門、晾曬著
妓院風信子被單的竹頭架陣
快得像體育課鍍銀的衝刺哨

眾我之中我並不在，眾我

之外，冰塊迅速溶化於氾濫

那是馬戲場，是開心樂園

我聽到的卻還是晴空裏命令的

鍍銀哨響──呵斥的拳頭

迅疾重擊我坍塌的肩

用以抵禦的也許是詞語

是作文簿裏的扯淡藝術

要麼，無言──窘迫地孤立

像一幅舊照片展示給我的

無端現世裏稀有的麒麟：靦腆

古板、怪異於庸常的侷促不安


　　　　　　　*


旋風塑造了環形樓梯，伸向

混亂的通天塔高處。那裏

渾濁之月蔑視生活，而我由於

生活的過錯，被罰站在冬夜的

危樓陽臺──又一陣旋風

扭結了胸中冷卻的火焰

家神的火焰更像旋風眼
是幽深玄奧的靜默訓示，輕撫
吞聲，震怒中到來最後的宣判
那也是所謂無名神聖，是作為
絆索的向上的途徑，是蠻橫的
否定，是迎頭痛擊，是危樓
陽臺上，旋風盤轉的我之煉獄

我忍受的姿態趨於傾斜
適合夢遊的陽臺圍欄前
我有更加危險的睡眠。睡眠
深處，卻沒有夢游的必要平衡
我也沒有閃電平衡、雷霆平衡
一個宇航員征服星座的自信和
平衡。當一陣旋風實際上已經
折斷通天塔，那向上的樓梯
也伸向懲罰。我相信我正
一腳踏空，跌進那傷口
我豁開的額角滲出烏鴉血
定會污染家神鐵面無情的尊嚴

\*

於是我歌唱羞辱的年紀，用
甜美卻發育不良的受控的青春
一隻手如何成一柄利斧，破開
內心悠久的冰海？一隻手以它
肆意的撫弄，在走廊暗角
採擷少年的向日葵欲望
流動的大氣，又梳理一個
短暫的晴夜──於是我歌唱
摩托之戲，摩托之電影
騎著它我衝刺水塘、跳舞場
倒向混同於陽光的草垛。並且
於是，讓一條姑娘蛇纏上了我

分裂精神的語言宿疾纏上了我
它是青春病，是寓言中
奔向死角的貓之獵獲物
未及改變方向而斃命
它有如性隱患，淫樂的高利貸
仿佛書寫者一寸寸靡爛的

全部陰私。它也是通天塔高處
另一路蜿蜒，另一根絆索
另一隻撫弄晴夜的手。於是我
歌唱羞辱的年紀，用咬人的詩
刺殺的劍，用一記悶棍，用
甜美卻發育不良的受控的青春

＊

天氣多愁，任意的光陰隨波逐流
有一天世界轉變為驚奇
有一天傍晚，我醒於無夢
日常話語的青澀果實拋進了閣樓
天井裏幾個婦女的嘮叨
是果實含酸的清新汁液
母親，搭著話，而我正起身
迎接黃昏。任意的光陰隨波逐流
夜色多愁青春更消瘦
而我看見我寫下的詩，攤放在
半圓桌，那日記本裏漲潮的海景
被透進高窗的星座光芒快速一閃

潮濕的石頭散發一陣陣月亮氣息

在走廊拐角和天井的矩形裏

清影的迷霧，又瀰漫一陣陣

酸橙氣息。我的甦醒重複一次

我再三重複，如盆栽寶石花

展示互相摹仿的花瓣

花影在迎來的良夜裏變暗

母親去點亮閣樓的燈。母親

搭著話，賦予我紙上嘮叨的能力

而我看見我疑慮的詩，攤放在

半圓桌，那日記本裏退潮的海景

被透進高窗的星座光芒快速一閃


*


繼續夢遊？為什麼要加上

猶疑不確定的手杖問號

在手杖上，新的銘言

已經被刻寫，如一隻烏鴉

成年，換上新的更黑的羽毛

在飛翔這夢遊的絕對形式裏

無所依託的翅膀掀動，表明
一個歷程的烏有。那麼為什麼
繼續夢遊？為什麼不加上
猶疑不確定的手杖問號？如果
空氣是翅膀的不存在現實
而我的絕對雄心是棲止

絕對確定的僅只是書寫，就像
木匠，確定的只是去運用斧子
他劈開一截也許的木材
顯形於木材的半圓桌為什麼
並不是空無？猶疑不決的
手杖問號又一次支撐，讓夢遊
繼續，穿越我妄想穿越的樹林
捕獲我妄想捕獲的星座
而當我注目對街如眺望彼岸
……一座山升起
並讓我坐上它悲傷的脊背
去檢討不確定的人之意願

\*

光的縫紉機頻頻跳針

遺漏了時間細部的陰影

光線從塔樓到教堂尖頂，到

香樟樹冠到銀杏和胡桃樹

到對稱的花園到傾斜的

彈硌路──卻並不拐進

正拆閱一封信簡的閣樓

我打開被折疊的一副面容

那也是一座被折疊的城市

如一粒扇貝暗含著珍珠

用香水修飾的肉的花邊

呈獻陰唇間羞恥的言辭


女裁縫咬斷又一個線頭

帶翅膀的雙腳抽離開踏板

光的縫紉機停止了工作

女裁縫沿著堤壩向西

她經過閘口，又經過咖啡館

她經過暗色水晶的街角

寬大的裙幅兜滿了風

她從郵局到法院的高門
到一爿煙紙店到我的閣樓
挽起的髮髻映上了窗玻璃
她扮演夢遊人身體的信使
呈獻陰唇間羞恥的色情

\*

而我將累垮在一封封信裏
（先於綠衣人投遞的喘籲
在女裁縫呼嘯的氣息沼澤
我累垮過一次，又累垮了
一次。）震顫的字跡還原
回到它最早發出的地址
被折疊進星座誓言和
戲語撫弄的漩渦城市
而那些已經被劃去的致意
又再被塗抹，為了讓急於
卻不便表白的成為污漬
──忍無可忍地一吐為快

信摹仿歡娛的羅曼司節奏

卻差點兒變成，盲眼說書人

彈唱給光陰的生殖史詩

每一聲問候有一次死亡

每一趟送達是一個誕生

筆尖如舌尖舔開了陰私

信侵入一夜又一夜無眠

又一夜無眠，我等待門環

第二次叩響──相同的

送達和問候，不同的誕生和

死亡──信封裏重新撕開的

性：出自幾乎已累垮的書寫


*


叩響門環的卻不是郵差

甚至也不是恭歉友好的

瘦弱的自我，或擁有

無邊權力的命運占卜師

那占卜師此刻也許在雲端

在一座有著無數屋頂和

眾多庭院的星座禁城

他能否突圍呢？他是否將

到來？走下臺階有如舞蹈

像一架推土機，奮力擠開

潮湧向通天塔遺址的群眾

不意汗濕了胸中的天啟


那麼是風在叩響門環？是風

造訪了我的陋巷？它不僅

叩響，它撼動閣樓，它的

鋒刃割破燈頭上火焰的耳朵

「它沒有惡意」，我鎮靜地

寫道，「然而上面的光芒

搖曳」。光芒搖曳

光芒熄滅了，我聽到絕對

寂靜的回聲，如割破的耳朵

滴濺開黑暗。「那確實只是

風」，我又接著寫

──風中我寫下或許的天啟


＊

緩慢的城市，緩慢地抵達

街車彌留般奮力於蠕動

時間是其中性急的乘客

他曾經咆哮於一輛馬車

曾大聲催促過有軌電車

嗓門卻壓不下轟鳴柴油機

震顫的大客車，當一輛轎車

被阻於交通的半身不遂

他默然其中，一顆心狂跳

城市卻因為他來到了正午

慵懶的鋼窗朝堤壩推開

能看見江面上陰影在收縮


其實是江面上一群鳥轉向

它們的羽毛沾染瀝青

負重掠過輪船和舊鐵橋

而我試探於它們巡警般

多疑的盤旋，以高出倦怠的

困惑，統覽正午的緩慢和

性急、彌留和抵達、意志之

死和欲望的波瀾。我站在
標誌性建築的象徵屋脊
迎候突然到來的預兆：星座
有一次臆想的轉向，噴氣式
飛機手術刀一樣劃開了眼界

\*

繼續上升？到更高處
俯瞰？但是被戲稱為
膝蓋的斜坡我無法攀爬
那是塊脆玻璃，是薄薄
一層冰，經不起精神
沉重地跪壓。那膝蓋斜坡
只適合安放夜半的日記本
滑翔的羽毛筆、不能夠
繞道而行的詩句、黎明
才略有起色的書寫
這書寫成為我真實的上升
像死亡誕生真實的靈魂

城市展現在書寫之下

城市的膝蓋斜坡被俯瞰

它有空空蕩蕩的品質

有空空蕩蕩的明信片景觀

環形廣場空無一人

街道穿過空曠的屋宇

延伸空洞靜止的集市

那裏的咖啡館座位空置

空杯盞反光，射向閣樓

空寂的空寂──我的語言

空自書寫在我的陌巷

當我正空自被書寫所書寫


*


飄忽不定的幸福降落傘

要把人送回踏實的大地

誰能在半空選擇落腳點

像詩人選擇恰切的詞

事物的輪廓越來越清晰

誰又在下降時提升了世界

像身體沉淪間純潔了愛情
像一個寫作者，他無端的
苦惱客觀化苦惱——現在
誰從陌巷裏拐出？披衣
散步，腦中有一架樂器正
試奏，帶來飄忽不定的音樂

那樂器試奏了誰的生活
紙上也無法確定的生活
現在陌巷裏拐出的那個人
步入一派純青之境。孤寂
安寧，僅只是足夠累贅的
共鳴箱。可究竟誰是宇宙的
撥弄者？順手撥弄寫作之弦
可究竟誰是不安的跳傘者
跟我一樣，他真能立足於
大地之上嗎？純青之境裏
誰又能返回此刻的幻化生涯
——站立在幸福的虛無之境

*

於是，也許，像音樂抽象了

這個世界的時間之時間

他向我展示的，他以為我

領悟的，也僅只是作為幸福的

幸福──在他的幸福裏

我困撓自我，在他的幸福裏

我營救自我，一個人散步

到更遠的境地，挖掘醉意

無限的厭倦──騎馬、游泳

划船、打短工，以木匠的手勢

斧劈本質烏有的香樟

令書寫的半圓桌顯形於技藝


令一個詩行顯形於無技藝

半圓桌上星座迂迴融入又一夜

我也在腦中試奏音樂，並使之

虛無，時間則依然行進於時間

那顯形的詩句是一次豔遇

是陌巷裏細腰夜女郎現身

「我跟她有甜蜜的風流韻事

完全陶醉於她的節奏」，郵筒
饕餮生吞明信片，卻無法消化
厭倦的醉意。半圓桌上
──詩行本身卻守口如瓶
隻字不提或僅僅止於言辭的歡娛

\*

當一個炎夏展示剩餘的七天春光
像糾纏的未婚妻同意從熱烈
暫且退步，我會獲得想要的一切
美景無我和書寫無我，以及一根
支撐夢想的夢想手杖──那正是
一些夢，讓我能夢見我，如夢見
不能復活的人。或許我只是
白日飛升，從陌巷的閣樓到
純青上空，在越來越縮微進
藍天的遲疑裏回看夢遊者
回看夢遊者即將醒悟的漩渦城市
漩渦城市的炎夏剩餘的七天春光

此刻是否已經第六天？已經是
第六個黃昏此刻？純青第六次
轉變為幽藍。一個不能復活的人
註定會更暗，倒影貫穿星座倒影
像噴氣式飛機貫穿著航線
這是否構成了額外的判決
美景無我和書寫無我繼續擴展
夢卻將夢還給了無夢，如同春光
終於把自己還給了炎夏。「也許
我又一次捕獲了自己？」繩索或
鐐銬，也可以作為命運的解放者
正好第七天，熱烈重新熄滅了我

\*

因此神跡劇演變喜歌劇
弧光燈空照寓言樂池裏
斷弦的豎琴。因此愛是
必要的放逐，是書寫忍受的
必要鞭撻——現形於紙上那
語言的驚愕，也將文刺

克制的驚愕，引來一個
柏拉圖之戀的夜女郎驚愕
驚愕地投入色情的懷抱
那也就是錯的懷抱，弧光燈
空照的命運懷抱——弧光燈
空照：命運深處恐怖的愛

但它是命運深處的溪流
流經太多醃臢和貧乏
如此艱難——虛榮被逼迫
陌生的同情和膽怯的欲望
卻要從加速的血液循環裏
抽取力量，抽取純潔也
抽取意志，將一個約定
變為約束：在那裏恐怖是
愛的終結。而當人游離
隨風逝，被倖免之戲塑造
成聖，也即著魔；星座無情
會依然映照他晦暗的痛楚

*

自一種空靈還原為肉身
欲望又成為漩渦城市裏
帶鎖的河流。垂暮的光線
牽扯不易察覺的星座
這偶然看見的看不見的
幻象浮泛向晚，在明信片
反光的景觀一側，打上了
郵戳腥紅的印記。它被
寄出，經由綠衣人準時
送達──綠衣人證明說
這是個幻象──是從幻象
終於獲得的想像的現實

那麼想像的力量在飛行
幾隻烏鴉返回了舊地
永恆從枯枝催促一棵樹
一棵新樹召喚著風。而在我
沉溺的多重生涯裏，幻象
壯麗暮晚的星座，令現實之
我，更加沉溺於想像的自我

多餘的感歎窒息了公務神
還要沉溺的是我的疾書
一半欲望托附給信，另一半
欲望，將紙上徹夜飛行的
筆劃，交錯空中飛行的筆劃

*

局部宇宙，它大於一個
未被筆端觸及的宇宙。星座
內斂星座之光。在我書寫的
局部時間裏，一個人抵達
局部聖潔，一個人神化
局部意願。就像懸浮於
黑暗的球，朝向燈盞的一半
裸露，成為大於黑暗的善
如尚屬完好的一片肺葉
承擔了我的全部呼吸、另類
書寫、另一個宇宙、另一番
滿布著陰霾的充血和急喘

那另一片肺葉卻並不多餘
它幾乎必須它的烏雲和
殷紅晚霞。局部的痛楚命定
因為終於要致命，要在我
背後，跟一個意願秘密幽會
這幽會將帶來局部復蘇
一瞬間幸福、清新涼爽的
少許良夜、紙上詩篇的局部
完美。而完美即純青，即
意義的空虛，被書寫表述為
局部死亡。它大於全體：終極
夢幻大於夢遊者漫長的一生

*

或許我僅僅缺少我自己
我只捕獲我靈魂的局部
局部靈魂掩蓋著我
一件披風從灰色到荒蕪
掩蓋我書寫的精神面貌
而那匹黃鼬大小的怪獸

出入其間，奔走於閣樓
奇怪地發出家神的咆哮
驚嚇已經被催眠的兒子
它成為占卜師又一個依據
表明末日還沒有來到
還在行色匆匆的路上

死亡則過早來到了紙上
它被筆尖播灑進詩篇，
不止於某個灰色的局部
它迅速擴展為耀眼的白色
封住了呼吸的繼續喘籲
黃鼬大小的凶兆之貓
被占卜師劇痛地刺穿了
眼睛，它的變形記更為
神聖，如弧光燈照亮
又一半黑暗。隱於黑暗的
仍然是我，厭惡、罪感
劇痛於每一種巨大的安詳

\*

現在你來到了命運的門廊
變幻之貓，黃鼬大小的星座之
異物。現在我也重回這門廊
它的純青鏽成了暗紅。一陣風
輕撫，一陣風睡去。正午傾倒
烈日，淋透一個回首的幽靈
沒有形象的喪失的人。現在
你來到你的煉獄，我來到一座
地上樂園。火焰蓄水池幽深又
清澈，火焰的噴泉殘忍而激越
火焰是占卜師揭示的天啟
令我的倒影是你的無視

令我的倒影是你被刺穿的
無視之眼，黑暗電擊你
更為盲目，從門廊到廳堂
到我的閣樓，到鳥籠空懸
高窗啞然。在夜晚，你的皮色
混同斑斕的金錢豹星空，你的
貓性，負載大於宇宙的不存在
當我已不存在，你縱身一躍

你掠過的依然是我的半圓桌

是半圓桌上我仍未合上的中國

典籍。請殺死我吧──悖謬的

典籍說：否則你就會是個兇手

解禁書

## 1　映照

……自一萬重烏雲最高處疾落——


對面，新上海，
超音速升降器是否載下來一場
　　　新雪？一種新磨難？
一個電影裏咬斷牙籤的新恐怖英雄？
　　　新國家主義者？
新卡通迷？或命運、那玄奧莫測的
　　　一道新旨意？它輕捷地


碰撞大地之際，這兒，舊世界，
　　　未必不察覺——
大地給了我又一次微顫，有如
　　　波濤，像夢正打算
接近破曉。西岸的大理石堤壩堅實，
　　　它防護的老城區，
卻仍然免不了醒之震驚。……回樓

被拍打……
回樓跟未來隔江相望。——當那邊一朵
　　莫須有飛降，此地，
曙光裏，風韻被稀釋的電梯女司機
　　努力向上，送我去
摘星辰。——攀過了七重天，在樓頂平臺那
　　冷卻塔樂園裏，我知道


我處身於現代化鏡像的腰部。玻璃幕大廈
　　摩登摩天，從十個
方向圍攏、攝取我。（……回樓
　　被俯瞰……）
——十面反光裏，以近乎習慣的
　　放風姿態，我重新
環繞著巨大的瀝青回形，踱步——


　　啊奔跑，想儘快抵達
寫作的烏托邦，一個清晨高寒的禁地，

## 2　回樓

　　它對天呈一個「回」字，落成在城市的三角洲
上。由六根圓柱撐起的門楣斜對著蘇州河。門楣沉
重的石頭花飾是模棱兩可的，看上去像一對倦怠的
美人，或整齊地卷刃的雙重波浪。下面，大銅門朝
河上的機器船敞開，穩坐在船頭的奧德修會發現，
這外表陰沈的建築內部卻陽光猛烈。透過深奧的拱
形門廳，他看見一根孤高的聖像柱，在大理石天井
正中央閃耀。關於其外表還可以提及：那儘是些粗
礪壯大的石塊，從地面直砌到七層樓頂。它向外的
窗口窄小，並且安上了黑色的鐵欄。這令它仿佛一
座監獄，一個喘不過氣來的肥胖症兼硬皮症患者。
但其實不然。在另一表面，那個「回」字向內的四
個面，明淨的大玻璃從底層到七層，映出上頭的一
方晴空和中午居於正位的太陽。「回」字圍攏的天
井開闊，甚至不該被叫作天井，因為那根挺拔的聖
像柱，它曾被戲稱為內陰莖廣場。回樓的性別因此
是模糊的。站在內陰莖聖像柱廣場，從與門廳相對
的盡頭一扇橢圓形鋼窗望出去，可以看到這幢大樓
背靠的黃浦江。繁忙的江景。江邊新近圈起的小

樂園。一塊並非謠傳的牌子上刻寫著「華人與狗不得入內」。從一層到七層,有如一節節纏繞的車廂,靠「回」字外側,一間間晦暗的辦公室門門相連。而只要推開每間屋子的另一扇門,則可以來到「回」字內側,得以暢飲天光的環形走廊。有時候,站在六樓的走廊西首,一個戴單片眼鏡的德國人注意到,在四層樓南邊的走廊一角,黑皮膚的印度小職員竟在跟英國會計師,一個瘦骨嶙峋的老姑娘調情。

它屬於搶先屹立在城市灘頭的洋行之一。內陰莖廣場的大理石覆蓋著地下金庫,那裏面貯滿了金條、銀元、鷹洋和鴉片。它的門前停靠著官船,停靠著四輪馬車和老式汽車;它的門廳、樓梯、走廊和屋子裏總是瀰散著花露水、雪茄煙、香汗、銅板、狐臭、皮革、洋蔥和油墨的混合異味;一些裹著呢子大氅的、頂著瓜皮小帽的、拄著司狄克的、套著綢馬褂的、穿著三接頭皮鞋的、夾著鱷魚皮公事包的、留著絡腮鬍子的、梳著三七開分頭的、駝著背的、挺著腰的、挎著尖乳房情人的和有一份戰

報需要遞送的出入其間。在一張張寫字桌上、臺燈
光圈裏、抽屜深處、保險箱內、銅鎮紙下、電話機
旁和秘書的腋間,是那些銀行本票、分類帳目、手
抄原件、未裝訂副本、市價和市場統計、私人信
件、公司來函、現金和日記。這樣的聲音是常常能
聽到的:一二聲乾咳,一二種乾笑,小心輕放的腳
步,壓低的啞嗓子話語,算盤珠的輕擊,以及,突
然的暴跳如雷中一隻左手反抽買辦腮幫的脆響。

　接著,或許是同時,蘇州河、黃浦江日益發
臭、變黑和高漲,岸邊的馬路落到了這兩股濁流的
水平線下。探出堤壩的是赤楊樹梢、孤黃的路燈和
有軌電車翹起的辮子。像是要告別傳奇時代,一個
偏離開父輩航線、扇動由鳥羽、麻線和密臘做成的
弧形翅膀的小兒子飛臨了。他圍繞回樓盤旋三周,
然後沿江掠出吳淞口,隱沒進太平洋⋯⋯

## 3　自畫像

反潮流變形：伊卡洛斯失敗的幽魂化作
精衛鳥，……到夢中銜細木……
朦昧於其間的上海蔓延——朝無限擴展，
縮小了書寫不能夠觸及的世界之當下。
正好是當下，新旋風纏繞舊回樓搖擺，
打開被統制沉淪的洞穴。它呼嘯過後那閃耀的
寂靜，是一個陷阱，是一個風暴眼——

是烏有之鐘一次暫停的叫醒服務。

而你在另一幢回樓被叫醒。——高音喇叭
為每一種禁錮減去又一天，令憑藉夢遊活著的
我，依舊只是你身體的囚徒。盤旋的走廊裏，
指針般準確的綠衣看管是黎明法紀，是把你
從黑暗拽往黑暗之炫惑的一朵鐵漩渦。
……你沖向監室盡頭的水槽，……你俯身於
漂白的凜冽之河，……你看見你——

喧囂之冷中已經凍結的不存在面影，和面影

深處，一盞懲罰的長明燈孤懸。
──比流轉中它們那抽象的具體更加
虛幻，一扇高窗跟落水口重合，讓你猜不透
高窗外當下世界的結構，是不是回樓
疊加著回樓，就像我處身其中的看守所，就像
時光，像你枯坐在鐵欄和鐵欄間，
用一個上午細細布局的象棋連環套──

兩種空無，是可能的對弈者。

那欲望空無要讓你長出注目之臂、凝望之
手，直到把一抹淡出的月亮，從高窗外攬進
被命名為我的欲望懷抱；那命運空無則有一盒
磁帶、有一個放音器，會讓你聽到
早已經錄製完畢的我，並且無法再抹去
──重來過。可是，當一縷陽光射穿了
回樓連環套回樓，從水槽裏反照──

那一掠而過的幽明遐想仿佛正跳傘，

要把我從一個懸浮的你，落實為一個真切的
你。——「大地給了我
　　　　　又一次微顫」
回形結構那牢獄的洞穴裏，一朵鐵漩渦
收斂起咆哮……。看管，他黎明法紀的肩章上面
多出了一顆星：他帶著你越過放風平臺，
他為你親啟七把禁鎖，他迫你就範，像邪惡——

以子虛之名簽署一樁樁杜撰的罪過。

高音喇叭被新旋風沒收。一個莫須有之我
出竅，得以嘔吐般克服稍稍解放的噁心，
去成為一個別樣的你。——然而，
實際上，伊卡洛斯只能變精衛鳥：你走進
舊回樓，你登上舊電梯緩慢地升空……
你將被電梯女司機憐愛，銜微木填滿她
稀釋於上海的風韻中一個洞之愁怨——

在死亡裏經歷規定的假復活，那白日

淩虛，那十面鏡像圍困的高蹈！
她把你送上寂靜的時候，你知道你要的
並非樂園。──你，更願意枯坐於
我之隱形，傾向那黑桌子……。在紙上，
說不定也在電梯女司機腰肢款曲的醜陋之上，
你會以書寫再描畫一遍，你甚至會勾勒
──尋求懲罰的替罪長明燈帶來的晦暗。

## 4　正午

光芒會增添聖像柱陰莖的
垂直程度。越洋電話裏，
舊主人談起了回樓往事。
老虎窗下的收音機播送，
一場足球賽進行著附加賽。

我幾乎從我的鏡像裏脫開身。
在她的雙乳間，我有過一個
附加動作。我有過一種被
限定的自由：讓每一行新詩
都去押正午的白熱化韻腳。

頂樓平臺上冷卻塔轟鳴。
太陽從江對岸攀登上高位。
我聽到的裁判也許公平：
不在乎紅牌罰下的球員，
對規則彈出中指說「我操！」

她也在工具間附和著「我操！」
當我的中指，滑過了那道
剖腹產疤痕，她恣意扭動，
像蛻去外殼的當下世界，
呈現給──未必保持安靜和

孤獨的禁中寫作者。越洋電話裏，
一片熱帶雨林正譁然，一位
過來人，正在叮囑著「凡事
靠自己」。依稀有一聲
終場哨響，收音機啞然……

那瞄準賽事的望遠鏡轉向，
瞄準了新命運：一次對太陽的
超音速反動，一次飛降……
被放大的希望，在江對岸那麼
清晰可觸，──如果我動用的

## 5 起飛作為儀式

從疊加的回樓到市郊飛機場，其間路程有三十多公里。為了確保不會遲到，能搭上你要的那次航班，能乘上那架超音速飛機，你做得稍微過頭了一些。你提早三小時就出發了，或者說，你要讓你的出發動作持續三小時。你的行李還算簡單，一隻可以從一頭拉出手柄的、帶兩個小小的膠木輪子的半弧形提箱，它面料的那種嶄新的暗藍，比你那件上衣的暗藍略淺一點。顏色的深和淺，這種說法是不是隱喻？也許應該歸之為借喻。你一邊等著開往機場的空調大巴，一邊在想著做囚徒那陣讀過的小冊子。如果不用那樣的說法，深或淺，怎麼去區別和比較像提箱和上衣這兩種相近的不同顏色呢？因為知道時間是寬裕的，你允許自己不去為車還沒到來顯得焦慮。寬裕用於時間，其意義又何在呢？而意義不過是時間的無聊。你隱約有了這麼個想法，你已經坐在了空調大巴上。大巴開得又快又穩，你的注意力朝向車窗外，意識到你正穿越城市，你正在你的解禁儀式裏。而你所經過的郵局、學校、眼鏡

店、影劇院、酒樓和動物園，都曾經是你欲望的目的地。當你的欲望更遙遠和廣大，你過去的終點就包含在你的出發之中了。大巴馳進了一片住宅區，迅速地，你把沿街的每一幢小別墅都粗粗打量了，你腦毯上的刺繡圖案，卻是一座連一座蔓延的垃圾山。那景象一定是多年以前的，你將要開始的飛行，則也許是一個更早的安排。你的視野裏出現了一個高爾夫球場，一個氣象站，一輛運磚的手扶拖拉機。奇怪，你想起了父親代達羅斯。一架飛機出現在天際，你確證自己把你的出發太過提早了。大巴繞著機場小廣場一點點減速，停靠在兩幢回樓陰暗的夾弄裏。你抓起半弧形提箱下車的當口，並沒有看到你旅行的夥伴。她本應該站在桔黃站牌下，身邊有一隻顏色比你的暗藍色上衣略淺的手提箱。從半個弧形裏，她會取出飛機票交到你手上。你們要穿過廣場上的秋之晚照，朝出發大廳的門廊走過去。你們從不鏽鋼門廊進入。你沒有替她拎著半弧形的暗藍色提箱。你走在右邊。你略深一些的暗藍

色上衣的斜插袋裏，一張機票被左手捏著。透過大廳的巨型玻璃罩，你看到夜色不僅已升起，而且已經在穹窿上方數千公里的高空合攏了。夜色升起，而不是人們通常所說的降落下來，這竟然是詩人最近的大發現。可是，你踏上自動扶梯時想到，那更早的詩人故意說夜色降落或夜色降臨，不一樣是用以表達他所發現的世界之詩意嗎？你的旅伴也踏上了鋁合金自動扶梯，此時她可能也仰面看天色，注意到一架因玻璃罩折光而更顯巨大的飛機掠過。然而，出發大廳卻有如傳奇的海底水晶宮，在那樣的呼嘯下紋絲不動。因為它那神秘的穩定性，因為它那神秘的穩定性內部急切的運轉，你們從自動扶梯邁向第二層次的紅色鏡面磚，看見每一個辦理登機牌手續的櫃檯前，都已經有人排起了長隊。你感到一絲等候的乏味。你的旅伴則比你興致高，左顧右盼四下的裝飾、燈光投影和人群中也許的新卡通迷、新恐怖英雄或新國家主義者。應該說你才是她的旅伴。過安檢時，你的金屬名片匣帶來過小麻

煩；坐進等著被招喚的塑膠候機靠背椅之前，她朝她家裏撥了個電話。幾塊大熒幕翻動著各次航班的啟程和抵達，特別是擴音器裏那報導的嗓子傳染給空氣的一派湖綠，令你稍稍有了點興奮，令你對照著回想，看守所裏每個黎明的高音喇叭。有一種透過玻璃罩的秋夜之憂愁要把你打動，那報導聲激發的莫須有波瀾，則似乎搖撼你，給了你所謂身體的昂揚。那麼，你站起來，你上前一步，你擁抱她。這使得你和她都有點吃驚。當你打開了筆記本，在經濟艙一個靠窗的座位裏，你正要記下你和她這次夜航的出發時，你不知道應該怎樣去敘述。也許得用一個疑問的筆調，但說不定反諷是更好的寫法。你聽說反諷是這幾年寫作的進步，它是否因為對命運的冷感？她坐在你邊上，把身體俯向你。她的胸壓在你攤開在膝頭的筆記本上面，她的臉貼在了舷窗玻璃上。她看到的夜景也是你看到的，玻璃罩大廳離飛機略遠，不過仍然是巨大的玲瓏，它上面的星空被你用景泰藍金錢豹在二十年前就形容過了，

此刻卻可以再次被形容。你把手伸進她泛著螢光的真絲襯衣，撫摸她潤滑如夜空的背部。飛機已經緩緩啟動了。飛機在加速，你平靜下來。你的耳膜後面有一點疼痛變得幽深。你的心中之我向前一躍，期待著跌落。你和她在一個夜晚起飛了。

# 跋（一個說明）

　　將《導遊圖》（它是我2003年寫下的一首詩的標題）用作書名，是想表明，這本詩選意圖顯示我三十多年詩歌寫作的大概景象。然而《導遊圖》又有所側重，它收錄了2000年以來我寫下的絕大多數詩作，也把很多頁面分配給了我的幾首長詩。上世紀九十年代我寫下的那些短詩，我選用了一小部分；上世紀八十年代我寫下的短詩和長詩，我選用得更少。而那二十年占去我寫作至今的三分之二時光，並且，當然，對我來說是很重要的寫作時光。那麼，跨進新世紀以後的寫作更加重要嗎？我只能說，因為離這些作品更近，讓我更加不知該如何取捨。我的詩文本《流水》未能收到這本書裏。它的篇幅相當於一首超長詩或一整本書，我不願意將它切割開來，選用某個部分。

　　所以，這本書不僅是一張過多關照了一些局部的導遊圖，還是一張或許忽略了最名勝景觀的導遊圖。不過，不妨自我推銷一下，它仍值得一讀。

　　跨進新世紀以後，我的寫作速度放慢了許多，甚至奉行起所謂的寡作主義來。前些天，一位譯者向我提問：「涉及到寫一首詩的時候，對你而言，什麼是危險的？」我回答：

　　　　……比較可怕、稱得上危險的，反而是無所阻礙地寫。那種太即興的、太巧妙的、太輕易的、一揮而就的、淹沒在

才華裏的、頻頻出手的、數量可觀的寫作，正隱含著（有時已經是明擺著）寫作的危機。最近十年我對所謂寡作主義的贊同，我越來越減緩的寫作，大概正有著躲避這種危險的用意。滑溜的、駕輕就熟的寫作以降低難度和重複自己為代價，二者都意味著對於世界沒有新的發現、對於語言沒有新的建樹、對於寫作沒有新的嚮往。這種危險，的確時時出現在你奉獻給詩的每一行、每一個字裏……

這個片段回答，在解釋何以寡作的時候，也涉及了我對自己寫作的要求。許多年前，為了談論自己的寫作，我在短文《在某一時刻練習被真正的演奏替代》裏說：

──演奏，在時光裏完成音樂（它是對詩的一個比喻嗎），前提是反反覆複地練習，去細察、領悟、理解和把握，也許這才是我的寫作。……我知道，所有的練習只為了一次真正的演奏。換一種意思稍微不同的說法：真正的演奏只能有一次。……從開始寫作到現在已經那麼多年……他仍將繼續。在某一時刻，他未必意識到，練習被真正的演奏替代。

這講到了開始的時候我為什麼寫得勤快；這概括了我的寫作歷程，也反映出我的寫作態度。或許，我比較不願意刪去新世紀以來的作品，是已經意識到它們接近和進入了我所意欲的自己的演奏。

關於短詩，我曾有過這樣的議論：「我認為一個沒有寫出優秀短詩的詩人不應該被視為像樣的詩人，也就是說短詩是一種尺度，可以量出詩人的技藝高低。一個當代詩人的確立，必須依靠其短詩的引人注目。我偏愛短詩，因為說到底，短詩……才是詩。」這樣的議論勢必牽涉到我對長詩的看法，尤其，我還寫了那麼多長詩。

記得在一次訪談裏我說過：就像愛倫‧坡（Edgar Allan Poe）認為「長詩是不存在的」，我也「不相信」長詩。不過，我又說：「這種不相信裏也包含著不相信長詩真的不可能完成的意思」——長詩成為對我的誘惑，原因或在於此。長詩的誘惑還在於，作為一種詩歌類型，它也恰為古代漢詩所忽略，這就給致力於在偉大的中國古典詩歌傳統之外，獲得詩意及詩藝自主和自我的現代漢語詩人，一個絕好的用武之地，因為在長詩領域（並非真的可以否認這個領域的存在）現代漢詩有可能免於，譬如說，在短詩方面來自古代漢詩的陰影甚至壓力形成的焦慮。當然，我認為，長詩寫作並非一種策略性選擇，而是當代詩人的重要實驗和實踐，去實現，不僅相對於古代漢詩而言，屬於現代漢詩的詩意及詩藝典範。這或可解釋我為什麼在這本選集裏放進這麼多自己的長詩。

我的好友，詩人和批評家楊小濱先生深刻地參與了《導遊圖》的編選。感謝他。也感謝秀威的伊庭和奕文。

陳東東

2013年5月，上海

語言文學類　PG1008　中國當代詩典　第一輯 07

# 導遊圖
## ——陳東東詩選

作　　者／陳東東
主　　編／楊小濱
責任編輯／王奕文
圖文排版／王思敏
封面設計／陳佩蓉

發 行 人／宋政坤
法律顧問／毛國樑　律師
出版發行／秀威資訊科技股份有限公司
　　　　　114台北市內湖區瑞光路76巷65號1樓
　　　　　電話：+886-2-2796-3638　傳真：+886-2-2796-1377
　　　　　http://www.showwe.com.tw
劃撥帳號／19563868　戶名：秀威資訊科技股份有限公司
　　　　　讀者服務信箱：service@showwe.com.tw
展售門市／國家書店（松江門市）
　　　　　104台北市中山區松江路209號1樓
　　　　　電話：+886-2-2518-0207　傳真：+886-2-2518-0778
網路訂購／秀威網路書店：http://www.bodbooks.com.tw
　　　　　國家網路書店：http://www.govbooks.com.tw

2013年9月　BOD一版
定價：350元
ISBN　978-986-326-169-8
ISBN　978-986-326-178-0（全套：平裝）

國家圖書館出版品預行編目

導遊圖：陳東東詩選 / 陳東東著. -- 一版. --
　臺北市：秀威資訊科技, 2013. 09
　　面；　公分. -- (中國當代詩典. 第一輯；
7)
　BOD版
　ISBN 978-986-326-169-8 (平裝)

851.486　　　　　　　　　102015888

# 讀者回函卡

感謝您購買本書，為提升服務品質，請填妥以下資料，將讀者回函卡直接寄回或傳真本公司，收到您的寶貴意見後，我們會收藏記錄及檢討，謝謝！如您需要了解本公司最新出版書目、購書優惠或企劃活動，歡迎您上網查詢或下載相關資料：http:// www.showwe.com.tw

您購買的書名：_____

出生日期：_____年_____月_____日

學歷：□高中 (含) 以下　　□大專　　□研究所 (含) 以上

職業：□製造業　□金融業　□資訊業　□軍警　□傳播業　□自由業

　　　□服務業　□公務員　□教職　　□學生　□家管　□其它_____

購書地點：□網路書店　□實體書店　□書展　□郵購　□贈閱　□其他

您從何得知本書的消息？

　□網路書店　□實體書店　□網路搜尋　□電子報　□書訊　□雜誌

　□傳播媒體　□親友推薦　□網站推薦　□部落格　□其他_____

您對本書的評價：(請填代號　1.非常滿意　2.滿意　3.尚可　4.再改進)

　封面設計____　版面編排____　內容____　文／譯筆____　價格____

讀完書後您覺得：

　□很有收穫　□有收穫　□收穫不多　□沒收穫

對我們的建議：_____

_____

_____

11466
台北市內湖區瑞光路 76 巷 65 號 1 樓

**秀威資訊科技股份有限公司**　　　收

BOD 數位出版事業部

......................................................................

（請沿線對折寄回，謝謝！）

姓　　名：＿＿＿＿＿＿＿＿＿　年齡：＿＿＿＿　性別：□女　□男

郵遞區號：□□□□□

地　　址：＿＿＿＿＿＿＿＿＿＿＿＿＿＿＿＿＿＿＿＿＿

聯絡電話：(日) ＿＿＿＿＿＿＿＿＿　(夜) ＿＿＿＿＿＿＿＿＿

E-mail：＿＿＿＿＿＿＿＿＿＿＿＿＿＿＿＿＿＿＿＿＿